夜生活手记 Yeshenghuo Shouji

时代出版传媒股份有限公司
安徽文艺出版社

【作者介绍】

王祥夫，著名作家、画家。出版有：长篇小说《米谷》《生活年代》等7部、中短篇小说集《顾长根的最后生活》《愤怒的苹果》等5部、散文集《杂七杂八》《纸上的房间》等6部。其中，中短篇小说《儿子》《怀孕》《西风破》等被改编并拍摄为电影。文学作品曾获"鲁迅文学奖""林斤澜短篇小说奖杰出作家奖""赵树理文学奖""《小说月报》百花奖"等，美术作品曾获"第二届中国民族美术双年奖""2015年亚洲美术双年奖"。

当代名家精品珍藏
Dangdai Mingjia Jingpin Zhencang

夜生活手记
Yeshenghuo Shouji

王祥夫 著

时代出版传媒股份有限公司
安徽文艺出版社

图书在版编目（ＣＩＰ）数据

夜生活手记/王祥夫著.—合肥：安徽文艺出版社，2018.1
（当代名家精品珍藏）
ISBN 978-7-5396-6197-1

Ⅰ．①夜… Ⅱ．①王… Ⅲ．①散文集－中国－当代
Ⅳ．①I267

中国版本图书馆CIP数据核字(2017)第225743号

出 版 人：朱寒冬
责任编辑：汪爱武　　　　　　装帧设计：丁　明　徐　睿

出版发行：时代出版传媒股份有限公司　www.press-mart.com
　　　　　安徽文艺出版社　www.awpub.com
地　　址：合肥市翡翠路1118号　邮政编码：230071
营 销 部：(0551)63533889
印　　制：安徽新华印刷股份有限公司　(0551)65859551

开本：880×1230　1/32　印张：6　字数：200千字
版次：2018年1月第1版　2018年1月第1次印刷
定价：25.00元(精装)

（如发现印装质量问题，影响阅读，请与出版社联系调换）

版权所有，侵权必究

目　　录

夜生活手记／1

中年的风景／46

读书与写作／62

我漫游四方／83

食小札／108

书边随笔／132

梅花且三弄／155

乐器的性格／167

何时与先生一起看山／180

夜生活手记

人注定要大半辈子在睡眠中度过,如果活七十岁,那么起码要睡去三十多年,人生七十古来稀,实实在在只有三十多年可稀。其他动物也大多如此,或者睡得更多。比如猫科动物,除了觅食几乎就都是在睡,打着美妙的鼾。而牛马驴骡则似乎总不见睡,问题是它们总站着,横躺竖卧的牛马似乎不多见。苍蝇和跳蚤睡觉是什么样子我们也无法知晓。总之,人与其他动物在睡眠上的区别是:人大多在晚上睡,动物则往往是白天安眠,晚上出去搞一些活动,比如猫与鼠、虎与豹,昼伏夜出,大有侠士之风。猪则随吃随睡,不分地方,也不挑食,随遇而安,懵懵懂懂,颇像世外高人。

如果把一天分为两半,那么一半是黑,一半就是白。白天是人们百般忙碌、粉墨登场的时候,晚上则相对悠闲、懒散,卸下了一切虚伪的装饰。人们白天是立着的,

那么晚上大多都是躺着的,北方有句俗语是:

  好吃不如饺子,
  好受不如倒着。

  倒着就是躺着,倒着并不见得都是在睡,可以仰天躺着想事或干一些事,可以与同屋同炕的朋友聊天,可以"呜呜呜呜"吹国光牌口琴,可以躺着看非精装的书,可以躺着吸鸦片——当然,即使在清代,也没听过谁手持一杆烟枪边走边吞云吐雾的。到了晚上,古今中外概莫能外的活动是做爱,所以许多人似乎都很忌讳谈晚上的话题,似乎一说到晚上的事就有所专指,其实不然,凡所有在晚上做的事都不妨归纳到一起去。比如卖馄饨的小二连夜打四五十斤面的皮子;比如做豆腐的小夫妻挥汗如雨,连夜推磨磨豆浆;比如演员在台上"咿咿呀呀"地演出;盗贼悄然无声地掘墙撬门;嫖客的挥汗如雨彻夜奋战,你不能不说他们都是在过夜生活。比如还有夜里很正经地读书和很不正经地读书,很正经地读书当然不见得都是正襟危坐,很不正经地读书也不见得就非是横躺竖卧,也可以一边吃瓜子一边喝水或者一边洗脚而同时读书。我在复旦大学 209 宿舍见过一位戴耳机听音乐而同时还正儿八经看哲学书的大学生,真是令人佩服之至,我真不能明白此生的脑子是什么结构。

一脑两用?

一心不能二用?

夜生活的种种场景是五花八门,令人匪夷所思。

大部分作家都是夜间动物,孤独得不能再孤独的夜间动物。喜欢烟和茶的鲁迅先生是习惯夜间写作的,他的比他小近二十岁的太太许广平在回忆文章中说:

> 到了早晨六点左右,经过一夜写作之后,有时他会把我叫醒,给他泡茶,在饮茶的时候,很高兴地叫我先看他晚上写好的文章。

别人醒了,他才睡下,这是鲁迅先生夜间活动的明证。这并不稀奇,许多作家都这样,习惯夜间写作的作家脾气一般都不好,都容易急躁。

作家需要什么?这问题一言难尽,但起码需要一个写作环境。马尔克斯说:"作家永远是孤军奋战的,这跟海上遇难者在惊涛骇浪里挣扎一模一样,谁也无法帮助一个作家写他正在写的东西。"这话说得真是好,习惯夜里写作的作家确实如此孤军奋战。白天则要被许多事情打断写作,比如朋友忽然提一瓶深藏有年的酒兴冲冲而来,或者是卖菜刀的小贩"啪啪啪啪"一打门,思路就马上断了。作家跟鹦鹉一样,有猫犬蛇隼在其侧,哆哆嗦嗦,怎么能讲话!一般说,习惯白天写作的作家大多比较现实,外边的种种事物有时会被随手拈来写进小说,达到意想不到的逼真效果。写字台对面的窗口也许就是习惯于白天写作的作家的取景器,对面的小红楼、大树,或者下边乱得不能再乱的小四合院,说不定多会儿就变成了作家作品中的场景。而习惯于夜间写作的作家却不这样,夜晚的窗口黑漆漆的,像黑板,什么也没有,也可以什么都有。夜间写作有夜间写作的好处,思路清楚,无关无碍,晚上是精神漫游的好时候,想漫游到什么地方就漫游到什么地方。

夜间工作者如作家,最大的乐趣在于随便。演员也在晚上工作,却随便不得,要格外注意自己的一招一式。作家把自己封闭在一间屋子里就无所谓,一间屋、一张桌、一把椅子、一杯茶、一支笔、一本稿纸、四壁的书,除此之外,再不需要什么。夏天太热,他也许可以只穿一条小得不能再小的三角裤,或者干脆不穿,脚放在水挺热的洗脚盆里,也可以不穿睡衣而披条被子。习惯在晚上写作的作家总有一种神秘感,比如写到子夜时,肚子饿了,蹑手蹑脚去厨房拉开冰箱找口吃的,其景况像不像蟊贼?或者写到凌晨两点多钟,到阳台上去抽一支烟换换空气,要是这时恰被夜游者看到,会大大地吓一跳,怎么黑乎乎的阳台上会立着一个人?是否要寻短见?

这个随便还指的是:夜间是一切政令、一切俗礼、一切害羞、一切正经、一切纪律最松懈的时候,这时候人们大多剥去了苦心经营的伪装,所以习惯晚上写作的作家大多都会进入一种不自觉的精神内审。就思维而言,白天再也想不起的事情到了晚上会很轻易地记起来。比如今年春天,杨树开花的时候,我写到半夜,忽然听到猫在楼下对歌般一声迢递一声地嚎春,我忽然就一下子记起了明朝志明和尚作的打油诗,诗曰:

春叫猫儿猫叫春

听它越叫越精神

老僧也有猫儿意

不敢人前叫一声

志明和尚写过许多打油诗,我都很喜欢。听见猫叫,想起这首诗,我便忍不住哈哈大笑起来,竟然忘了这是半夜,把正在熟睡的妻子一下子笑醒。

猫在半夜三更宣布它们的爱情真是令人生厌,晋北有句俗语叫"猫儿样",专指在公共场合旁若无人、搂搂抱抱、卿卿我我的人。

志明和尚很可爱,敢于披剖自己真情的人大多都很可爱,惠特曼之所以可爱也在于此。惠特曼也习惯于夜间写作,在静静的夜里,可以想象这个可爱的老头子坐在自己的桌前,大海、道路、伐木者、扫烟囱的童子、男人、女人、老人、年轻人,各种人的面孔都一一呈现在他的眼前。一首诗写完,我想惠特曼也必定是失眠无疑。

夜间真是写作的好时光。

长夜漫漫,孤守一室,所以夜间写作的作家大多又都离不开茶、烟、咖啡、葡萄酒,或其他古古怪怪的东西,比如烂苹果,或情人的一条手帕或乳罩。即如我,夜间更喜欢有活生生的鲜花在案头陪着我。康乃馨是我情有独钟的花卉之一。这种花可能最适宜插花了,从插到瓶里那天算起,大约可以鲜鲜艳艳半个月之久。不插花,夜间的写作室便显得暗淡而少生气,一插上花,屋子便豁然亮起来。晚上的插花最好是黄色的,白蓝两色总让我觉得不安。

红色的花宜于中午插在阳光明丽的地方。

你久久对着案头的花,会觉得形与色正在慢慢消退,剩下的一个抽象的东西像是在对你笑,友情和爱情绝对都是抽象的东西。

我写以民国三、四、五年为背景的长篇小说《蝴蝶》时,有一种古怪的想法,想在我的案头放一只大铜瓶,里边插一枝状若小树的梅花,让梅的幽香飘满我的写作间,让那种古典冷艳的情调渗透到我的小说里去。写作《蝴蝶》这部小说时,我就一直在想念梅花,梅的香,梅的形,梅的种种,梅花的文化年龄有几千岁了。设想一下那种写作场景吧:一张阔大的写字台,纸笔墨砚、书籍、镇纸、手稿,案左是大古铜瓶,瓶里是一大枝灿然的梅花,梅枝呈斜之姿,梅梢一直伸到我的头上方,忽然,有几朵梅花静静落在稿纸上⋯⋯

而如果案头不再是梅花而是一条被网在铁丝笼里的蛇,或是一颗镶了十八颗银星的骷髅,再或者是一大瓶颜色俗艳、落满灰尘的塑料花⋯⋯

而如果那几夜写的是一部当代农村小说,那么,案上的一束麦穗或胡麻花又会起什么作用?它们和梅花有什么区别?

晚上写作的作家大多对极微弱的声音、不被普通人注意的物体或色彩十分敏感,所以,习惯并坚持晚上写作的作家大多神经质。一个正常的人又怎么能够成为在晚上写作并乐此不疲的作家呢?

这真是非常人所能理解的。

没人能够深入那份孤独里去,只有作家本人知道,作家可以说是最孤独的夜晚工作者。

经过一夜的奋战,天亮了,作家才开始他的睡眠,这时候他多么需要一张舒适的床。

我在山西祁县乔家大院曾看到过那么一张富丽堂皇的楠木雕花大床,长有九尺,宽有六尺,床的三面都是镶在木雕里的一米高已经暗淡了的镜子。这张大床——当年的夜生活的舞台之一,想当年一定是一个淫荡的所在……

我想,当年,还应该有一双睡鞋,娇丽如花瓣儿的三寸睡鞋,搁在这床下的踏脚上。

想一想夜生活的场景、夜生活的道具、夜生活的气氛,总离不开床。

佛教导他的弟子们:毋睡深广大床、毋桑下三宿。为什么?如果睡二尺宽或三尺宽的小床,那么就不会给你提供第二个人所能与你同卧的机会,同寝同卧,难免凡心萌动而做错事。

据说有身怀绝技的人,能在两条凳子上架的巴掌宽的扁担上酣然一觉。我想这一觉可绝不轻松,浑身会僵了,睡到醒来,也许要比阿城笔下的王一生下完那盘一对九的盲棋还要僵。天地那么大,为什么非要睡在一根扁担上?太想不开!

夏天的夜里,我曾挟一领凉席上楼顶去睡,半夜有似雨非雨之物从天而降,我明白那就是夜露,是汉武帝建高台苦苦以求的东西。我也曾在两树之间挂一个麻编吊床,那是一九七六年大地震时期,我和小朋友们去公园,各找两株合适的树,把麻编吊床挂到树上,又怕蛇,便在吊床两头涂一些"敌敌畏"。夜里睡在上边也不见得舒服,人整个给裹在网袋里,让人觉得自己是一条刚从市场上用网兜提回来的鱼。翻身也翻不得,一翻吊床乱晃,也并不凉快,周身给束紧了,不舒服,不如床上舒服。

我在学校的时候,常常挟一卷尺半宽的小草席去学校外的树林子里读书,把草席在树下铺开,躺在上边,但往往就荒芜了读书。头顶的树叶在"哗哗"动,树枝在慢慢摇,蝉在拼命地唱!一只鸟又一只鸟,飞过来,又飞过去,书便给抛开了。我还把草席铺在那个湖边,躺在湖边让湖风轻轻吹着,真是好惬意。湖风总是腥腥的,一种水的气息。但我的经验是,草席不如吊床,吊床不如小床,小床不如大床。床大了真舒服,可以伸手伸腿躺成个"大"字,可以一会儿滚到这边一会儿滚到那边。大床的好处还在于可以春季头朝东睡,夏季头朝南睡,秋季头朝西睡,冬季头朝北睡,按照古代养生的方法睡。这叫"斗转星移"睡法。

北斗七星的柄子是春季朝东、夏季朝南、秋季朝西、冬季朝北。

但现在谁也无法施行这种睡法,只怕是有那么大的床,没那么大的屋!但这也难不倒我们,我们不可以睡地铺吗?

那年从南京归来,我喜欢上地铺了,以前是脱鞋上炕,现在是一屁股坐下然后躺倒,地铺真是令人觉得惬意。

睡地铺的房间,一定不要把家具设计得太高,最好是有一套不足两米高的组合柜,还要有几个软软的垫子,一方地毯,几只可以活动的书架,散散漫漫地围在地铺四周。夜里,你躺在地铺上,随手可以拿来一卷,自自在在地阅读,你会有一种躺在母亲怀中的感觉。日本是睡地铺的国度,叫"榻榻米",但在中国不宜。在中国的南方,到了雨季,那种潮湿谁抵挡得了!在北方如果冬天打地铺而睡,恐怕要彻夜颤抖而难眠,但这是过去。现代化建筑的千篇一律渐渐使城市生活变得单调,居室愈来愈小,楼层愈来愈高,但随之而来的好处则是可以睡地铺。从二楼开始吧,你不妨为自己设计一下地铺,把那些高、大、多、杂、乱的家具全部处理掉,不妨铺上地毯,放一些垫子,晚上朋友来了,脱鞋席地而坐,促膝侃侃而谈,你会觉得获得了好多的自由与乐趣和人与人之间的亲切感。试想你去了,主人抛给你一个橘黄的软垫让你坐下来,再给你送上一杯热茶,鞋子也脱了,也没有桌案可供你盘踞,头顶上是一盏极亮的橘黄色的灯,两个人就那么近地坐着,会是一种什么情态。地铺可以说是温情脉脉的摇篮。夜深了,如果是两个人呢,不妨用一条毯子披盖了你我继续谈。对于老年人,地铺则更是理想境界。记得小时候我的一个邻居,早上醒来一阵头晕从床上跌到床下就此长眠不醒,如果是地铺,怎么会!

买一个软床垫,放在屋子的地上,高半尺多,这就是地铺。我的邻居,中央美院毕业的画家石笑的卧室里就是这种地铺。我很爱到他的屋子里去,躺在他的地铺上欣赏他收藏的苗绣。有一次,他的屋子里忽然来了十一个人,把鞋子脱在走廊里,都坐在地铺和地毯上,很热闹的一个夜晚,人人都席地而坐,人人都有座位。如果不是地铺,哪能坐那么多人?但最好的床是疲倦,如果文章写好了,心情又愉快,那么,无论躺到什么样的床上,都能酣然一觉。

疲倦是世上最好的眠床,但不见得人人有。

如果不谈个人与个人之间、某种职业与某种职业之间的晚上的生活有何差别,想想不同历史时期不同的夜生活也是很有趣的,远的不说,说说离我们距离最近的清代。

因为写那部长篇历史小说《蝴蝶》,我翻阅了很多有关清代的资料,因此在清史知识方面我长进不小。

想起清代就不由得让人想到烦琐的刺绣、斗彩的瓷器、昌盛的京戏、大宅院、大戏台、华丽的车轿、汉白玉的牌坊。因为清代离我们最近,不学无术的我,是历史近视眼,再远一点就看不清了。比如唐代入夜点什么灯照明,我就不明白,更遑论先秦两汉。清代的照明设施有许多,大至宫灯小至《红楼梦》中提到的手持的明角风灯,但夜间演戏以什么灯照明则想象不出。又比如说,夜间的娱乐场所大致要热闹到什么时辰?清代夜生活的三大场所不外烟馆、妓院、戏园。清代的妓院似乎已不如明以前高雅,似乎专以睡觉为目的。宋代的妓家文化真是了不得,妓女首先要会弹、会画、会吟诗、会书法,其次才是上床。就服饰而言,古人也真可以说是会生活,而我们今天就显得单调得多。可以说是文化形态,也可以说是生活形态,我们今天与清代作比,最大的变化是:大的四合院变成两室一厅的小单元,四世同堂变成三口之家,大戏台变成小电视,我们不再像以往那样"大",我们在日渐"小"起来,孤独起来,封闭起来。许多的人,在小区住了五六年,都不知道邻居长的是什么样。

在清代,夜生活的大场所首先是烟馆。

鸦片先是叫雅片,后来的一字之改可以见出人们对其憎恶之情。鸦、乌鸦,乌鸦总是和倒霉事连在一起,"呱呱"一叫,说不出的晦气。烟草,最早叫淡巴菰,后来人们终于认识到吸烟的讨厌,便干脆叫抽烟。烟总不是好东西,乌烟瘴气、烟尘斗乱,更有难听的名字:烟鬼。烟鬼的形象大多是瘦骨伶仃,两肩高耸,一脸菜色,很少有精壮的大烟鬼。抽鸦片可恶,抽烟草又何尝不令人讨厌?试想数百年前,一到夜里,不知有多少人斜身侧卧、烟灯幽莹、吞云吐雾,谈生意、说国事、论嫖经、谈正经事、谈非正经事,这是一种令人生厌的夜生活场景。另一种夜生活场景则是戏园,那是个小吃小喝、恣意交谈的场所。

戏园在二十世纪六十年代前一直是中国夜生活的主要场所,可以看戏文、看挂在舞台上绣花的软片、看戏装、看角儿的扮相,但更重要的是听,满耳的丝竹锣鼓和咿咿呀呀地唱。当时既没电影又没电视,只好去听戏捧角,捧初出道的俊美的小旦。阔一些的大户人家有可能还会养一个戏班子,如李渔,如阮大铖。戏园比妓院似乎雅一些,但也不见得,如果哪位有钱有势的大爷生了气,"砰砰"一声把小壶从楼上包厢里一掷而下,下边的人有生命之虞也说不定。但也有绝色的表演,比如戏园的小伙计飞手巾把儿,一条又一条热气腾腾的手巾在戏园里飞碟似的飞来旋去。这要有两个条件,一是小伙计会扔,二是对方也能接。这种夜生活场景十分热闹,不离左右的还要有瓜子、细点心、茶叶蛋。座位也不像今天的成排论座,大家都围定了一团和气的方桌,当时,坐这种桌子的标准人数为八,不像今日坐十个人,所以这种桌往往就叫八仙桌。八仙桌不好分主次,要看桌子摆在哪儿。中国是礼仪之邦,做什么都要分出主次,主人或尊贵一些的,当然要面向戏台,其他人就恕不恭敬了,侧坐歪脸地看戏,一场戏下来,脖颈生疼,要去药铺讨狗皮膏药。清代的公共夜生活最主要的可能就是听戏,所以才出了那么多名角。民初的四大名旦就是在那种背景下产生的。名角的戏码一定要排在最后,俗话说:听书听扣子、看戏看轴子。一幅画再好,如果没那根轴子,

珊瑚豆晨趣一撵

整幅画就不像东西。名角出台气氛先就不凡,台面上的绣片先要换一堂耀眼漂亮的,小舞台有电灯之后,大多在名角上场前,灯光要一下子猛比以前亮几倍!令人精神一振,耳目一新,困而丢盹的人一下子不困了!角儿出来了!那份儿光彩、那份儿气派、那份儿风度,一招一式与别人差不多,但分明又不一样,这就是角儿。夜生活的兴奋剂,不啻一剂吗啡!

中国二十世纪六七十年代风行样板戏时,人们像受了钦命一样都必须去看。样板戏是一点错也不能出的,所以也闹过不少笑话。比如某川剧团演《沙家浜》,郭建光一张口就把台词给念砸了:把沙奶奶放到后院的缸里坚壁起来!于是台上台下一片哄堂大笑,得到了意外的开心。又比如某剧团演《红灯记》,化妆的时候,铁梅的辫子没有扎牢实,当唱到"咬碎了仇恨强咽下"时,演员手攥着乌油油的大辫子,随着感情激荡一使劲,整条辫子便给拽了下来!梳大辫的铁梅登时变成了短发头,这是魔术表演!这种笑话在过去就更多。比如郑逸梅先生在《票友闹笑话》一文中所记,票友夏禹飑演《黄金台》中的巡城御史,却忘了带灯笼,临时要用,情急之中随手抓了妓女出堂差轿子后面"公务正堂"四字的灯笼来应急。一上台,看客哄堂大笑,堂堂的巡城御史变成卖淫妓女了。又有一位票友周维新演《翠屏山》中的石秀，必须穿靴，他却没带靴来，便火急地借戏班中现成的一用，可是他的脚大，靴小了一点，勉强穿了一扭一摇上场，一使劲，靴上的缝线就"嚓"地绽开，再来一个扫堂腿、再旋风，再脚朝上一踢，靴面绊在脚上，靴底却早"倏"地飞上包厢，坠在女客头上，直把满头珠翠打了个落花流水。

这都是戏园的夜生活中意想不到的彩头，令人开颜，哄堂大笑，真是人生难得几开颜。

一九七一年到一九七八年我整整在宣传队待了八年，一次去荣六塘公社演出，演出场所在公社仓库前。那次仓库里正放了不少尿素，直呛得演员个个泪流满面。戏演到一半，互相对视，不觉大笑，泪水把每个演员的脸都冲得五红六绿。

那时在农村演出，必定是在夜里，演出前少吃一点，演出后再放开肚子吃，糕、肉炖宽粉条子。吃完有时就很晚了，连妆也顾不得卸，半夜三更就那么五红六绿地回家，幸好夜已经十分地深了，路上行人少得几乎没有。那时农村的夜生活极其单调，演戏是大事，附近村子的人都要赶来看。有一次，我们的车在半路上出了毛病，赶到地点已经是晚上十点半，原以为观众早已风流云散,但想不到黑压压的都在那里等着。天上还飘着雪花,台口生着两大堆火。那是农村的露天舞台,对面是座庙,这种古老的舞台一定是坐南朝北,所以在台上一站,"呼呼"的西北风直从对面灌来,没有硬功夫是唱不出去的。雁北一带唱野台子戏的三毛旦就是在这种台子上练就的功夫,再大的北风,站在台口也能张口唱出去,所以受到普遍的欢迎。实际上这个三毛旦唱得太一般了,而人们还是愿意听。人们的夜生活太乏味了,哪能像清代那么一板一眼地讲究,一招一式地推敲。戏剧发展到清代达到最高峰,然后是一直在落、落、落,直落到今天冷清得不能再冷清的地步。

人们现在更喜欢待在自己家里拥有自己的电视机,可以挑自己喜爱的节目而不必盛装去戏园,在大众的体臭汗味儿里去完成一次欣赏。

但看戏绝不能说是二十世纪六七十年代农村典型的夜生活场景。中国农村,在六七十年代劳作苦而会议又多,秦皇汉武唐宗宋祖,元明清降至民国,可能最数一九四九年之后的六七十年代会议多了。我在一个叫宇宙滩的农村认识一异人,我去他的屋子里,发现他的炕上的高粱皮席子上被烧得斑斑驳驳,都是一点一点地烧痕,后来才知道这位异人会坐着睡,烟还在手里拿着,脸上笑眯眯的,和你说着话,忽然身子朝前倾一倾,知道的人就明白他这是睡了一小觉了。此人原是某大队队长,其独特的睡功是当年开会熬夜练就的,试想他几乎是夜夜主持开会,坐在显要的位置,并不能像下边的人丢盹打瞌睡,他多难,多不易。我据此写过一篇小说名叫《睡魔》。

困倦是很难抵抗的,不让人睡觉是对人最大的折磨,不让人在夜里把筋骨松散一下子说来也真是一大罪过。

熬鹰的把式,其熬鹰的办法之一就是不让鹰睡。鹰一打盹,就用棍子去捅它。据说这样可以让它忘掉过去的一切,要一连熬五六天。五六天下来,鹰会变得神态憔悴,目光昏滞,会颓然从架子上一头坠落地上,然后便懵懵大睡。睡醒后,据说便会完全忘掉了山林,而只记着熬鹰把式的那张脸,这样的熬真是可怕!

鹰受不了,人也受不了。

日出而作,日入而息,古人云。

二十世纪六七十年代的农村在夜里不停地开会真是一种熬!谁能受得了日出而作,日入而不息。对于读书人而言,晚上是用功的好时候,白天有种种俗务排门待办,晚上则可闭门谢客,许多人的学问都是在夜里暗暗长进。坐着、躺着、靠着、钻到被窝里、伏在饭桌上、缩在沙发里,晚上能静静地读书真是一大乐事。即如唐伯虎这么风流蕴藉的人物,也写过一首《夜读》:

夜来倚枕细思量,
独卧残灯漏转长。
深虑鬓毛随世白,
不知腰带几时黄?
人言死后还三跳,
我要生前做一场。
名不显时心不朽,
再挑灯火看文章!

唐伯虎的诗文不见得佳好,可能与他只为了要"腰带黄"而读书有关,但他的《桃花庵歌》却写得十分好,给我留下深刻的印象,诗的最后一两句可谓大通达。

不见王陵豪杰墓,
无花无酒锄为田!

《桃花庵歌》的主旨是劝人及时行乐,格调不能算高,但也不见得就坏。真正能入读书佳境的人是能得"闲适"二字的人,不为任何目的,想读便读,不读便抛开,靠志趣引导可以读得很深,然后才会有所发现。真正的艺术家也必须是极闲散的人,中规中矩靠教条培养出的人很难成为艺术家。

苦读往往令人做噩梦。读到夜深,一看表,已经过了子时,这时放下书卷,往往不能马上入睡,一旦睡着,怪梦会翩翩而至。比如,有一次,我在睡前读威克玛丁的黑白刻纸作品,他的作品极简洁、怪诞,往往是一匹怪兽、一辆从坡上下来的车子、一只落在陷阱中的困兽、洗澡的人、玉米林子,黑白对比十分强烈,效果也强烈,那夜我就做了很令人害怕的梦。我梦见一个一头高一头低的陡坡,从坡上下来一辆车,车上没有赶车的人,只有两头黑驴子拉着车从坡上朝坡下走,骷髅的鼻孔处还一边"淅淅沥沥"地往下掉鼻涕。我在梦里感到害怕极了,醒来后浑身大汗,疲惫不堪。

所以,夜里读书最好不要读令人惊恐的作品。比如夜深人静读《画皮》,怎么能不吓出一身冷汗呢?稍有风吹草动,也会叫你惊心动魄。

夏季夜读,常常被搅了读趣的是突然从窗外飞进一只硕大的扑灯蛾。"噗噗噗噗"一阵乱飞,你无论如何也读不下去了。各种昆虫里,谈不上喜爱,但让我肃然起敬的就是扑灯蛾。

我常常想起齐白石老师画的一幅画,老画师在宣纸上用浓墨画灯盏一,淡彩画灯蛾一。灯蛾伏在灯下,做欲飞状,题曰:

剔开红焰救飞蛾

在夏季,常常是看见蝴蝶就想起扑灯蛾了。扑灯蛾静静伏着不动的样子太像是一枚奇大无匹的瓜子壳,一旦飞起来,绕着灯"噗噗噗噗"急骤旋转,你会觉得它有多么勇敢!与扑灯蛾相比,彩蝶像不像花前月下的浪子?

扑灯蛾像什么?

它让我常常想到谭嗣同。

不知是狂喜还是愤怒,扑灯蛾总是绕着灯飞、飞、飞,触须烧焦了,暂时伏下来,你好意把它拨开,它马上又"噗噗噗噗"飞起来。到了白天,扑灯蛾不知去了什么地方,而一入夜,扑灯蛾就爽然飞临了。真不知它是狂喜还是愤怒,总在慢慢焚烧着自己,比那些死在花间叶下的彩蝶悲壮多了。

夏夜读书,常常看到的就是扑灯蛾。

夏夜读书,令人生厌的是蚊子,猛地过来叮你一下,要去打,它早已远走高飞无踪影。沈复在他的《浮生六记》里说:"躺在蚊帐里烧蚊草,看蚊子在烟里飞,像坐观千百小仙鹤在云中舞。"想想都令人觉得身上痒。

我在学校夜读,总把一顶蚊帐挂在顶棚上,然后把桌子、书、纸一齐搬到蚊帐里去,就可以安心读书了,睡的时候再把蚊帐拉到床上。在蚊帐里看书的时候,一定要把灯搁在帐子外,听任夏三虫之一的蚊在帐外百般吟唱。在学校我消磨了多少这样的夜晚啊,都是一些美好的夏夜。有时候实在困极了,就伏案一睡。睡到后半夜,突然不知怎么就醒了,睡眼蒙眬看蚊帐外的灯,如隔重雾,便再打起精神读一阵子。那一年夏天,我在蚊帐里细细读了《中国哲学史新编》,冯友兰先生的力作。

停电的夜里想读书,那就离不开蜡烛。点一支红蜡,在烛光里读书别有一番情趣,但小心不要把额发和眉毛燎了,这让人不由得想到古代勤于夜读的学子,读书倦了的时候,身子朝前一倾,"哧"的一声,眉毛、额发一下子给燎去了。真不知有多少这样的学子,于早晨互相取笑对方眉毛的顿失。

借着摇曳的烛光,最好不要读巴尔扎克、雨果、海明威,读一些中国的古典文学作品最相宜,比如《离骚》《天问》《九歌》,或者是明清小品文。如果能找到线装的版本,则与红烛搭配更是相宜。

纳兰性德填过一首词,调寄《忆王孙》:

> 西风一夜剪芭蕉,
> 倦眼经秋耐寂寥,
> 强把心情付浊醪,
> 读"离骚",
> 愁似湘江日夜潮。

我的老师李九吉,一九八九年春天,酒后读《离骚》,激动太过,遽得脑溢血去世。

我很怕失眠。

刮大风的夜里我常常失眠。

我的窗下,有大树数棵,在夜风里往往响如波涛,那是阔叶的树类。如果是松树,则声音是肃然,你不妨立在松下听听风掠树梢的声音:唰——唰——唰——,而大片的松林在风中却是一种轰鸣,实实在在是松涛。

古人的观察能力实在是了不得,他们已经注意到了

杨树和其他树的不同,杨树叶子柄细而长,稍有微风便摇摆出声,所以古人才说:

白杨何萧萧,
白杨多悲风。

我曾经执教的那个学校在湖边,校内校外荒长了许多高高低低的杨树。一种是小叶杨,叶片很小很厚很硬,这种小叶杨一般都长不大。另一种是毛白杨,叶片一面碧绿一面长满了白茸毛,叶柄特长,风一起,"哗哗哗哗",动辄令人犯惆怅。

我住的那间屋在四楼之上,有一个曲尺形大阳台,由南转向西,一共有十二米长。站在南边可以看到西边的那个瓢形的湖,站在西边可以看北边迤逦的群山。夜里我在那间屋子里读书的时候,就常常被在夜风里"哗哗哗哗"摇响的白杨弄得乱了心绪。

我至今很怀念那屋子,我在里边度过了多少个不眠之夜,我在里边写下了《西牛界旧事》《沙棠院旧事》《护城河旧事》《莜麦地旧事》《尘世》《城庄》《非梦》。那间屋子是我的"产房",离开它的时候,我真是黯然神伤。那间屋子现在被封存了起来,学校说是要留作纪念,要留作见证,见证一个年轻的作家在这里写下他的第一部长篇小说。现在没人再去享用那曲尺形的大阳台,连同那刻在墙上的字。我每写一篇小说就把题目刻在墙上,刻在门背后隐秘的地方,我多想再去摸摸它,摸摸那逝去的岁月,我想念那远去的风声和雨声。

刮大风的夜里,有时候让人感到恐怖,住在学校四楼之上的屋子里,有些日子就剩下我一个人,偌大一个楼就一个人!到了半夜,每有风吹,楼道里便有各种声音:门开,门合,门"吱呀"一声,窗子"哐当"一声,还有误闯到楼道里像破雨伞似的蝙蝠的飞行声"噗噗噗噗,噗噗噗噗",只觉得一颗心在缩紧,越缩越紧,忽然又"吱呀"一声,心便野马般地狂跳起来,书也读不成,只想去找人。找到一个人,便下下棋,找到三个人,便打打扑克。刮大风的夜里,常让人想起这么两句描写吊死鬼的诗句:

月暗风紧十三楼,
独自上来独自下。

试想那一声一声又一声的脚步声,是多么令人恐惧。没有人语声,也没有其他人类的声音,只有风声和鬼气通人的脚步声,你是多么怕那声音越走越近,在你的门口猝然停住!那种夜里,让人不由得缩成一团,用被子把自己盖得严严实实。看书看不进去,写东西写不进去。终于有那么一个夜晚,被"呼呼呼"的风声弄得恐怖至极,便猛地开门出去,把一楼到四楼的走廊和卫生间的灯全部打开,这样觉得好过了一些。楼梯处还黑黑地让人不敢去,但还是硬着头皮一层一层楼梯走下去。走到底楼开门出去,顶着风往传达室跑。传达室里正有人"啪啪"地下棋布阵。一只巴掌大的飞蛾在玻璃窗上扑,想飞到屋子里去,但总是飞不进去。屋子里,一副老棋盘,木纹已被敲打得斑驳,两只大茶缸,缸里酽酽的是砖茶,忽然又想起两句令人毛骨悚然的诗来:

啪啪对弈处,
棋动不见人。

就那么站着看他们下棋,看着看着,真想起一个鬼的故事来了。一个人在大风寒的夜里走得很累,他走过一片斑驳的秋林,走下一道长满树木的沟,沟底是很厚的落叶。这个人走上坡,看见坡上有火光,便过去,原来有四五个人在那里围着烤火,他也挤进去烤,忽然,那四五个人的脸面一下子不见了,火边只有几双悬浮在火堆四周半空中的手,像一只只蝴蝶。

大风夜里做什么好?当然和朋友谈谈话、喝喝酒、听听音乐都不错,但此时的心境如要和外边轰轰有声的风声相协调,则不如读读古人的狂草,比如怀素的《自叙》、张旭的《四诗帖》,都笔势飞动,如风如舞。

大风夜读狂草。

杏花盛开时端坐树下读小楷。

风与狂草在精神上有某种贯通。

大风夜还能做些什么?盗贼会乘着风声穿墙逾屋,肆虐的风声会抹去在房顶轻轻来去的脚步声。大风有时会让人感到是一种惩罚。比如一夜的大风,忽然把一株大树刮倒,天明人们起来,发现那株树原来早已虫蛀中空了,不是一夜大风,它也许还要假模假样立在那里。或者如一九七六年夏季,一场夜风把我居住的那个城市的竹林寺的辽代大鸱吻给吹了下来。那鸱吻从房顶一个筋斗落下来砸穿了庙左的一民宅的屋顶,结果把里边的一个人砸成重伤。那人身为屠户,日日夜夜宰杀牲畜,耳边总响着一片凄惨的哀号。

这是内地情绪。如在沿海,大风扬波之夜,那拍岸的狂涛会使许多海员家庭感到心惊肉跳。大风夜也十分适宜静静地下棋,一举一落,子声叮叮。

风夜与雨夜有许多不同处,风夜总是让人不安,瓦片被抛,窗玻璃被打,牛羊被刮得失了踪,令人恐惧、担忧,而雨夜却往往显出一种诗意。

什么人喜欢狂风之夜,什么事情需要借助狂放的夜风?真让人想不出。

宋玉的《风赋》是什么风,恐怕只是三四级爽然飒然之清风,让他住到我曾经住过的那间四楼上的屋子里去,去听听八九级摇门撼窗的狂风,看他还会不会有心情把《风赋》写出来。

我喜欢潇潇的夜雨,夜雨往往能给人一种美的感受。为了听风,人们在寺庙的檐下安了"叮当"的铃铎;为了听雨,人们便注意在植物中选择了芭蕉和荷。两三棵芭蕉种在书窗之下或院里,下雨的夜里便有了情调,细密的雨点洒在阔大的芭蕉叶上,总有一种说不出的韵致。雨点时紧时密,或者是斜斜地"唰"地一下,又"唰"地一下扫过来,那真令人想起急奏的琵琶。荷叶也是如此。一九八八年我去承德,下着雨的早上,我打着一把伞去细雨迷蒙的湖上,那高高低低的荷叶在白漾漾的细雨中发出那么一片令人陶醉的声音。雨点洒在荷叶上,荷叶上的积水落在湖水中,那声音真是美。那绝对是中国古典音乐,如琵琶,如古琴。而大风的韵律则更像是西洋交响乐,满山在大风中倾动的林木,涌涌不息的大波涛,轰轰然的气势,就只能以磅礴的交响乐来作比。

只有贝多芬的乐章才可以与之作比。

这里一定有一个特定而不容悖反的协调定律,比如适宜于大风夜演奏的乐器,那一定只能是古筝,嘈嘈切切地弹奏起来似乎可以与大风达到某种的协调。而雨夜,本来就细密繁急的雨声,如果再介入古筝,则效果是否会不佳善?如于潇潇雨声中亮丽地响一阵笛,或低婉迂回地来一阵箫,那么这个雨夜则会情味十足。

雨夜似乎还适宜于二胡的演奏。

我十二三岁时住过的那个小小的四合院,到了下雨的夜里,我的那个半残疾的年轻邻居便会拉二胡。四合院四面的屋檐不停地垂落着雨滴,把斑驳湿亮的阶石敲打得一片脆响。天空是灰灰的,如在夜里,黑暗中有雨的晶亮,有对面窗子上的灯光,这时那二胡声就忧忧怨怨地像一根线一样在夜雨里织来织去,织出一片愁来。雨夜真让人感到孤寂落寞,但又触动人的种种欲望。比如像我那位邻居,他要借二胡倾诉,并把自己的哀愁传达出去,去打动别人,我总想,是不是首先是夜雨感染了他?

雨夜往往能牵动人的柔情。

雨夜自杀的例子似乎不多,很少听人说下雨的夜里有人想不开,提根牛绳去把自己吊在湿漉漉的树上。

雨夜的雨总是把人们赶到屋子里去,让人们想去喝点酒,让人们去找找自己的朋友。四合院的雨夜至今想起来真是美,我十二岁住的那个小四合院,当时院子里还没那么多杂七乱八的小房或煤仓什么的。院子里有两大丛牡丹,还有一大株艳丽非常的西府海棠。西厢房是三间不怎么住人的房子,窗棂是雕花的那种,下边是玻璃,一共是八大块,都很大。上边小方格窗棂上糊着白宣纸,到了夜里,里边的白布窗帘也会拉上。下雨的夜里,父亲爱约一个姓张的山东朋友去西屋喝酒,坐在临窗的炕上,那小炕桌上就有被捅开一头的咸鸭蛋、盐水煮的花生米,外面是"沙沙沙"的雨声。慢慢地喝酒,也不怎么会出汗,夜气与雨气让人觉得清爽。我打上伞从屋子里猛地一跳,穿过檐上挂下的那道雨帘,再穿过院子去厕所的时候,总能看见父亲和那位姓张的山东人映在窗上的身影。父亲总和这位山东朋友说什么什么酒好,什么什么酒不好。那一阵子父亲不知从哪儿弄来一株人参,把它泡在酒里,和那位山东朋友以研究的态度喝这种酒。

青山待客
烟雨来

那位山东朋友后来给父亲送来一盆蟠桃,桃枝上结着两个拳头大红彤彤的桃子,好看极了。

下雨的夜里适宜于饮酒,那种情绪与渴望往往是不期而至。或者是打麻将,四个人一局,"砰砰啪啪"眨眼就是一夜。麻将的魅力在于瞬息万变,在于能让人全神贯注,倒不在输赢。能让久已疲倦的脑子休息一下。打麻将有时太像是游泳,能忘掉一切,但过了头,则肩胛脖颈麻木。你若不信,就一连几天从天黑一直打到天明试试!

我喜欢下雨的夜晚一个人出去散步,这是怪癖。打着母亲的那把黑布伞,神神秘秘一个人沿着一百九十八株松树的那条道往下走。这是只靠一个人来完成的夜生活场景,没有第二个人参与。

看路灯下的雨丝,听雨点落在伞上的声音。雨夜散步如果穿雨衣,那一定是一件蠢事,所以一定要有一把伞。雨夜散步对我而言好像有永久的魅力,但说不清,也许是那种雨夜的空气特别清新,也许这时候户外人特别少。这时候,如果沿着路一直走到游人绝少的公园里去,一个人打着伞走在那湖上的九曲桥,而在湖心亭突然看到一对相互依偎的恋人,你才明白许多人都在那里只争朝夕。雨夜持伞独行于园林,有一种特别幽的味道,你会觉得自己是孤魂野鬼,在这株树下站站,又在那株树下站站,觉得自己通体真是幽冷得很。"深挖洞,广积粮,不称霸"的日子里,你这么走,很可能会被当作特务抓起来,给公安部门找不少麻烦,检查你的头发、牙齿、腋窝、肛门、扣子、鞋子,检验你的内衣、外衣、内裤、裤衩,最后会让你龇开牙,翻开上唇,看你牙床里是否隐匿着文件。

雨夜在园林中散步,令人惋惜的是雨夜里的花朵。往往一场夜雨便落红狼藉,绿肥红瘦。这不免叫人常常想起"只恐夜深花睡去,故烧高烛照红妆"的诗句,想起古人那种惜花怜玉的心情。"泪眼问花花不语,乱红飞过秋千去",实际上是自怜。花实实在在是应该在夜中睡去,第二天再羞红娇粉地款款醒来。那么美的花,如果在一场夜雨中残落了,真是不如暂时睡去的好,休养生息,第二天重整旗鼓开得更灿然不好吗?花非人,人非花,人怎知花?不过自怜罢了,我常这么想。但美好的生命总是短促易逝,美好的事物总是不能长久,美好的东西最易受到意外的摧残。

雨夜听大惊雷是一件惊心动魄的事,睡到半夜,忽然"咔嚓"一声厉响,小小四合院一下子被闪电照得如同白昼,那情景,至今想起来十二分地怕人。这样的夜晚一过去,第二天,人们总会互相询问什么地方遭雷击了。

蛇精、树怪、狐仙,往往与雷声有关。

我想,在响大惊雷的晚上,许多心怀内恶的人会悚然起坐。

雷声大体有两种,一种是在天际滚动,从远而来,或者由近而远,似乎天上有人推动着几万部铁轮的车子在疾走,这种雷声让人害怕,觉得那雷是在寻找目标,然后"咔嚓"一击,肯定有什么东西已成齑粉肉酱。肯定,在这种雷声中,有人收回了准备刺出去的利刃,也有人猛醒了自己的错误。另一种雷则在响之前没有前奏,猛然响起,咔嚓干脆,名之为焦雷,又名炸雷,厉厉然一下子就好像击中了什么。世界上可能没有人不怕雷的,但是也可能有人会喜欢雷。

春天的第一声雷一般让人喜悦。冬天过去,春天来了,这时候的雷真像是婴儿的第一声啼哭,从此春天真的来了。

久旱无雨后的雷声带给人们的也是喜悦。

我忘不了那年在永乐宫遇到了雨,躲到钟亭里去,猛然"轰隆隆"一个焦雷,像是正打在那口钟上,"嗡"的一声,差点把耳朵震聋,我不知道铸那口铜钟的铜采自哪座铜山,竟然会与天雷合鸣。

一九七七年,我在一萧然古寺里住过一段日子,住在那个寺院第二进的院子里,一进月门右手那间屋子。年迈的藏通师父住在一进堂屋右首的大屋。屋子是用硬木雕花落地罩与堂屋隔开,我住在左手的小西厢里,小西厢的炕上有雕花木罩,也有炕桌。炕上靠西墙的矮足条案上堆满了线装书。我至今不明白藏通师父为什么竟然会违背戒律去吃虾?

是为了那破戒的喜悦吗?

破坏欲能给人带来一种喜悦,破戒难道不会给人带来一种喜悦吗?

一个人的寺院,无法排遣的欲望,连夜的细雨,破一下戒该是多么地令人喜悦。

下小雨的晚上,雨声潇潇,檐滴扑扑,寺院里静极了,禅房外的那两株又高又大的柏树上的雨滴落下来发出好大的"啪啪"声。藏通师父不知怎么出去买的虾,有无名指那么大,碧青透明,鲜蹦乱跳,一只只又扭又弹地被藏通师父剪去须与腿。然后便在灶上坐水,锅里投进去切成片的姜、大段的葱,倒点酒,还有大蒜片。水一开,虾一下子全部被推到锅里,顷刻间,锅里一片通红。虾煮到差不多,再放入盐,就那么慢慢地收汁。我在西厢房闻到香味一阵一阵飘来。然后是藏通师父开始喝酒,剥虾,红红地剥一桌子虾皮。外边下着夜雨,寺门早闭严了，没人会冒着夜雨"砰砰砰砰"打门来抗议他吃虾。我能听得见雨水被吸到泥土里的滋滋声。我也过去和藏通师父一起剥虾。那虾真鲜，煮虾的汤更鲜，看上去灰乎乎的一碗汤，但一喝，鲜得你跳起来！

试想，那么一座萧然古寺，那么一个孤独老衲，他在下雨闭门的夜里能做什么？他能去吹箫，还是能去招几个人来打牌？他更不可能找个女居士来同入罗帷，更何况他已年逾花甲。

一个人的寺院曾经培养出多少惊人的艺术家。

但藏通师父是个普普通通的出家人。

白天，藏通师父是既不饮酒也很少待人以茶。常有居士们在白天来寺院坐坐，送些吃的。端午节必是粽子，中秋节必是月饼。不下雨的夜里，藏通师父也很少饮酒，是那绵绵无际的夜雨引动了他的这种欲望？我想一定是的。喝茶的时候，藏通师父还会弄出一枚颇大的咸鸭蛋，"噗噗噗噗"在小炕桌上敲开一头，用筷子进去捅那冒油的蛋黄。一杯清茶、一颗咸鸭蛋，就那么吃吃喝喝，我在别处没有见过以咸鸭蛋佐茶的。藏通师父泡的茶总是很浓，慢慢喝过来，鼻子上冒汗了。他的鼻子真大，秃头上也冒汗了。他的秃头真秃。慢慢地，茶也淡了，鸭蛋也掏空了，但他还要用筷子去里边细细搜寻。

第三天,虾皮、蛋壳都会被早早埋到禅房前的花丛下边去。那花是否因此而开得艳丽,我永远忘不了那爬满篱笆的那种花的名字:荷包牡丹十三妹。

我也永远忘不了他在夜里给我讲过的两个梦,他做的梦。

"我梦见我骑着马做新郎,可我光光一个头怎么戴帽子,我用手一摸头,醒了。"

光头怎么就不能戴新郎的帽子呢?我至今想不清楚。

"我梦见我怀孩子了,肚子这么大。"藏通师父笑眯眯地说,还用手比画,"可我在梦里想,我是个男人,又没有'人道',我怎么能生出孩子?"

藏通师父给我讲过这么两个梦。

藏通师父吃肉饮酒并不是有人逼他,倒退二十五年,有戴红袖章的人逼那些和尚吃肉。

香不香? 还问。

香。有个和尚说,含糊不清地说。

但逼和尚吃肉的人一走,那个说香的和尚就忙跑出去,"哇"地吐了。

这个和尚叫藏法,藏通和尚的师弟。

我不知怎么至今还很想念藏通师父。他吃饭的时候总要点几炷香,那香不知是什么香,格外地好闻,所以那饭菜也显得很香,即便是豆角青菜、黄韭豆腐。

雨夜、和尚、酒、虾、茶、咸鸭蛋。背后是孤寂,无法排解的孤寂。孤寂后边是种种欲望,那欲望终于酿成了那两个梦。

藏通师父圆寂后没有建塔。当然,如果建也只不过是一米多高的灰砖塔,不知何故,但我似乎又明白是为什么。我这样披露藏通师父的秘密,想必师父的在天之灵也不会怪我吧。他整整比我大六十一岁。

藏通师父平时吃的饭菜也并不见得怎么好,干菜、腌菜、苋梗子、豆腐、豆腐乳,蘑菇也不多见,有时会有一盘煮黄豆。在学校,学子济济的地方,夜晚又是怎样一番景象?当然,每个学校都有自己的特点,都有自己不同的校风,就我个人而言,我实在是喜欢大学夜生活的那种松松垮垮、勤勤奋奋、浪浪漫漫的气氛。就夜生活而论,我实在喜欢他们对性的毫不讳言的明朗态度。予生也不巧,竟然没有上大学的机会,但后来经常像洄游鱼类一样出入于一些大学之门,住一些日子。

大学实实在在是最美好的去处,那种青春的气息,往往让你觉得自己像是身处雨后的树林:清新、干净、健康。中国有多少所大学?从北方到南方,每一所著名或

不著名的大学都令我怦然心动。大学总让我想起惠特曼的那首《船的出发》:

> 看哪,这里是无边的大海,
> 在它的胸脯上一只船出发了,
> 张着所有的帆,
> 甚至挂上了她的月帆,
> 当她前进时,船旗在高空飘扬着,
> 她是那么庄严地向前进行——
> 下面波涛竞涌,恐后争先,
> 它们以闪闪发光的弧形的运动和浪花围绕着船。

不妨从这首诗来感受一下大学的生活与学习的气氛吧。那总是向上,充满了雨后清晨般的朝气!

从夜晚的生活这个角度看大学,无论如何你将避不开性,几乎全部的学生都是未婚,都处在人生最美好的青春期,你无法不让他们恋爱,校园幽僻里无法不让他们在星光之下接吻。一九八八年,我在山西大学,因为我的一篇小说引起了对一个问题的追问,我的那篇小说涉及了性,所以他们也都谈起了性行为。他们的那种毫不迟疑,毫不羞怯,你只觉得他们是那样的健康。也就是那天晚上,我才听到了一种新鲜的见解——作家之所以可以成为作家的四大因素:

一、父亲早亡。

二、家道中落。

二、个子矮小。

四、性欲旺盛。

他们举出了许多作家,如鲁迅、周作人、曹雪芹、川端康成、郁达夫。我说郁达夫好像不是,他们马上说那么就还有茅盾。

大学夜生活的重要场景之一还应该说到图书馆。在刮风下雨的夜里,这里会比平时有更多的人。那是另一番夜读场面,坐得满满的学子,架上的书被不停地拿走送回。我很怀念那样的夜晚,带个笔记本,翻书的时候常常会动笔去抄。下雨的夜晚,似乎只有这个四壁是书的场合,雨夜的情绪才无法入侵。学子们的思绪在书本里徜徉。有时会忽然响一个炸雷,朝东的八个落地大窗同时一亮,看书的学子们会猛一抬头,然后又埋头书本,然后是慢慢走离阅览室,脚步声在楼道、楼梯上慢慢远去。图书管理员开始慢慢打着哈欠,收拾书和报。扫地时,发现有男学子们偷偷抽丢下的烟头。这时也许还有一个人在一盏灯下看什么,悄悄乘管理员不注意,用刀片把巴斯滕的照片裁下来袖而溜之,这个人就是我。

我在一个极不像样的"大学"里当过九年极不像样的讲师。我给自己的安排是,早上起来第一件事是洗冷水浴,这一天最后要去的地方必须是阅览室。实际上,学校生活的最后一瞥应该是学子们从宿舍里出出进进,打水、倒水、洗脚、擦身,端一盆水从头顶"哗"的一声淋下。

我和两个同学打赌,敢不敢赤身裸体冒雨从宿舍楼跑到南边的八号楼去。有什么不敢。我们三个人就只穿着短裤冒雨朝八号楼跑。那已经是十一月底,树叶都落了。夜雨十分地寒冷。还有体育系的学生,打赌光身子滚到雪地里去,那是早晨,博得了晨跑的同学们的喝彩,后来竟然风行开"雪浴"。

松松垮垮+勤勤奋奋+浪浪漫漫+严严谨谨

我多么喜欢这种生活态势,这又何尝是简简单单的生活态势,这是一种精神。

最后还应该加上一个——坦坦率率。

在我执教的那所"大学",夜里,我常常和要好的同学爬到学校北边的水塔上边去。上边有大鸟巢,风很大,夏夜在上边躺下来是一种享受。我们望着天上的星星,谁也不说话。

那样的夜晚，你很难不抬头去瞭望星星，那由南到北的天河，那明明暗暗的星星。有些星星遥远极了，小极了，有些星星却光芒灿烂。我最早认识的星星是织女、牛郎星，那牛郎星，三颗并列，中间一颗大一些，两边的小一些，是牛郎挑着他自己的孩子。

我最初对于天文知识的学习是在夏夜，星星是什么？星星是生命，地上有多少人，天上就必定有多少颗星。男人们，夜里撒尿不要对着北方，那是北斗的所在，尿水要倒灌了北斗，你一辈子将厄噩困顿！

还有那个神秘的故事：一个老妇人，她的儿子将被处死，她去求一位高僧。高僧说："明天夜里亥时，你在你家的后园埋好七口大缸，然后等着，当你看到七只猪从北方跑来，你就快让人把它们全部捉住，都放在缸里埋好，记住，一只也不能少。"老妇人照高僧的话去做了。到了亥时真的看见了七头黑猪从北方匆匆奔驰而来，猪一只不剩地给埋在事先准备好的缸里后，人们发现天上的北斗星忽然不见了。于是举国大恐慌，于是皇上问到了高僧。高僧说："解救的办法只有一个，就是请皇上大赦天下。"于是皇上便大赦天下，于是老妇人把那七头猪从后园放出，于是北斗复现于天上。

为什么把猪埋起来北斗七星就会倏然不见？

星星总让我觉得神秘而且使我入迷。当我在三十四岁听日本喜多郎的现代音乐时,我觉得喜多郎的音乐真像来自星空,遥远、漫长,很不容易才传到了地球上那所不起眼的"大学"的水塔上。那时候,硕大的星星尤其令我入迷,这是夜生活培养出的一种兴趣,无论是在公园散步还在校园里,我都忘不了要抬头看一下星星,但这些星星都没有在乡村看到的那么密、那么多、那么大、那么灿烂。

常常是,从学校的那个水塔上爬下来,回到宿舍,服了安眠药,我还久久地睡不着。

学校水塔的上边,有许多灰白色的蜗牛壳,那些蜗牛壳很令我感动,它们爬了多么漫长的历程。它们到水塔顶上做什么?

写到这里,我觉得前边的话说得有些不确切了,人很难说注定要大半辈子在睡眠中度过,确切地说,人大半辈子注定要在夜晚度过。在夜晚,听雨也好,听风也好,吹笛也好,弄箫也罢,去戏园或看电视节目都悉听尊便,一般认为,夜晚的生活愈丰富多彩愈好,夜晚的生活怎么才能丰富起来?

去年秋天,我去离我居住的那个城市有一百多里的北刘庄去看一座汉墓。墓室在坍毁的高高的崖头之上,夕阳照着那高高的崖头,显得旷远极了,苍凉极了,也美极了。下边是条河,崖坍了,那砖砌的墓室就显露出来,墓室里有用矿质颜料画的避邪和四灵图案。我去的时候天已黑了,那个小村子没电,第二天才看到了那个墓。从墓里取出来的施彩陶罐很美丽,黄中带红的颜色还那么艳丽,好像昨天才把颜色刚刚涂上去,那颜色让人想到夕暮的天空。

那陶罐真令人惊奇。

我们把几乎有半人高的陶罐抬回到村子里时天又早早地黑了,所以我们没法在灯光下审视那千年古物。

关于农村的夜生活,我能说些什么?由于没电,人们过早地睡了。乡村夜空的星星每一颗都显得十分硕大。犬吠、牛哞、鸡叫、羊咩,但人们实实在在日入而息了,当然许许多多的人在这时开始了他们和她们的夜生活。那天晚上我很悲哀。

我为什么常常为一些微不足道的事情伤心?

我想,这个村子与其他许多和这个村子相似的村子,如果有电的话,夜晚的生活绝不会如此单调原始。在这里,太阳落山就是他们闭户上炕的命令。

作家、和尚、学子、士兵、道士、戏园、床笫、风夜、雨夜、安睡、失眠、南方、北方,但我怎么就忘了这些没有电的乡村?

我用手触摸着那个汉代彩陶罐想了好久,想起了那个十分粗俗但令人伤心的顺口溜:

耕地靠牛

点灯靠油

娱乐靠×

在此之前,我想了许多有关夜晚的问题,诸如祥和、粗暴、幸福、不安、诗意、劳碌、忧郁、神秘、恐怖,但在北刘庄这个过早就睡去的村庄里,一切都变得空空荡荡不复存在。

有关夜晚生活的种种场景,最让人不能忘怀的倒是这个没有夜生活的小乡村。那天夜里,后半夜下雨了,我把农舍的木窗子打开,让带着雨滴的风吹进来,忽然想起了那个笑话:

老鸹对麻雀说:"怎么搞的,生这么多孩子?"
麻雀对老鸹说:"我们黑夜没电,让人们耍啥?"

那几天我的日记这么记着:

6月23日:看汉墓。八时半村子里一片寂静,无聊。

6月24日:八时半人们就睡了,村子真静,落后、无聊。

6月25日:八时半,村子全静了,借油灯读书至十一时,真想连夜回城。

真正动念头想以《夜生活手记》为题写篇文字,正是在那个小村的晚上。在中国,有多少像北刘庄这样的村子?

我很怕去乡村,但又很想去。有时候,我觉得自己蜕化了,已经适应不了乡村的简朴的生活。说实在的,我每到陌生之地,只要屋里没有书,我就会觉得不安。很久以来,我一直认为我自己的书斋生活是很单调的。

但想想那些日入而息的村庄。

想想那里夜晚的生活。

夜深人静的时候,那些遥远的村庄就会一齐涌现在我的眼前,带着那没有灯火的沉默,一齐包围着我……

中年的风景

人到中年。

什么岁数才可以说是中年？

中国人的岁数很难说，四十五岁还算是青年作家？这真是有些可笑——可笑至极！倒不是在于年龄的划分。有些作家一生下来就老了，如屈原，多么苍老。有些作家活七十岁还显得年轻，如李白，多么年轻。有些作家属于老年派，有些作家属于青年派。我从一开始就属于中老年派，我总觉得我的文学年龄要从我的家族那里算起，有一百多岁或者不止，也许有五百岁。美国作家大多都显得年轻，二三十岁的样子，如海明威，如梅勒。印度作家大多显得苍老，一出世就有几百岁了，如泰戈尔，像不像有一千多岁？

人一旦进入中年，会有很大的变化，首先穿衣服就会神经兮兮起来，腰身日见肥硕。一旦肥硕到连夹克衫都

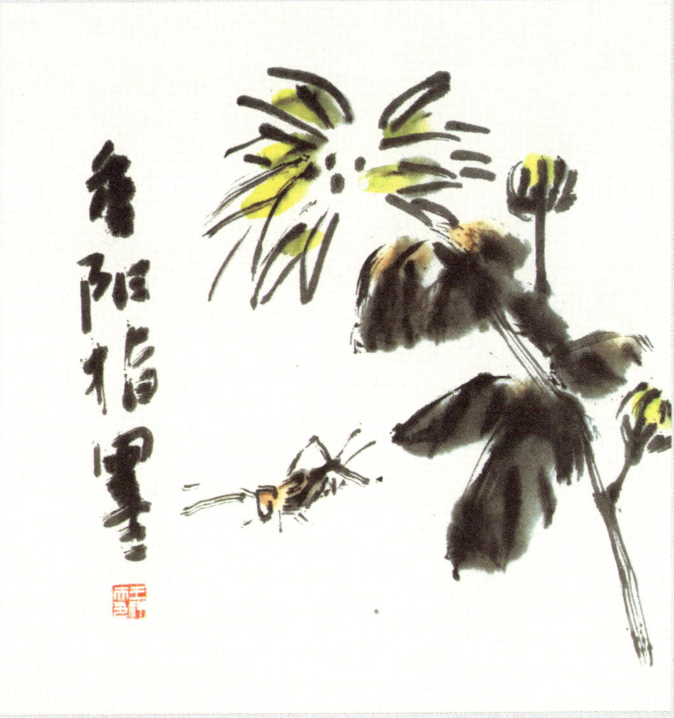

无法穿,隆隆然一颗大肚子真是让人看了难过。扁平的肚子、细健的腰身、结实的大腿、宽挺的肩膀,那真是美!但中年往往在与这种美挥手告别,灰溜溜地告别。人到中年,为什么会突然想起锻炼身体?练仰卧起坐、晨跑、游泳。为什么会明白饕餮大啖不是一件好事?中年是一个令人恐怖的季节,两三年前的衣服,忽然一下子不能穿了。中年太像是一个人于雨天处在两间屋子之间的露天处,一间屋子是身后的令人留恋的青年之屋,一间屋子是自己面前的你多少有些不情愿进去的中年之屋,返身回去又有些不好意思,跑过去又有些不甘心。中年是一个遮遮掩掩的季节,借衣服遮掩自己那猛然多了几磅的肥肉,沐浴的时候抓一抓肚子,伤心得要哭。中年人可能有一大半更喜欢秋季与冬季,秋冬的衣服可以使他们多保存一些秘密。

但我给自己规定:

想穿什么就穿什么。

我很喜欢刘海粟老人,他在黄山顶上坐着画了一株松树又画了一株松树,穿着一件漂亮的以红颜色为主的毛外套,光那件外套就让我喜欢他。

人到中年应该多穿布衣、布的衬衣、布的衬裤,布的外衣,不穿化纤衣物。不用腈纶棉之类,穿丝棉、穿皮最好。去年,我为什么那么想围一条大红的围脖,我有几条围脖,一条黑、一条黄、一条银灰、一条杂七杂八的颜色,我最喜欢颜色杂七杂八的那条,围了有十多年。今年春节下雪的那些天,我对着镜子围那条大红的围脖,看了又看,鼓足勇气围上出去。我走出去,走出去,看见一双惊诧的眼睛又一双惊诧的眼睛,我为什么又马上溜回了家?像做错了什么事,我怕什么?青年是一匹马,嘶鸣狂奔静立无所不可;中年便变成了一只狐狸,疑疑惑惑,动辄被自己的想法吓一跳,但今年是否还想围那条大红围脖闯出去?还会穿那件大红的夹克?狂骑车子兜风的目的地又在哪里?

中年到底是什么?一匹马儿怎么变成了狐狸?

中年无疑很渴望异性,这又有什么错?人用两种方式走路,一种是用型号不同的脚,一种是用心,心永远要走得比脚远。中年总是有许多悔恨像落叶扬满空中一样兜上心头,后悔某年某月没有随朋友去什么地方——比如黄山或一条雨湿的小巷。后悔某年某月与某位女朋友开错了一个玩笑。如果这后悔之情于酒后怒潮般涌来,也就会想马上去找那个人。去怀想那个夜,那夜不绝的雨滴,那夜点燃的红蜡烛,那门前阴影里的谈话。会到公园里去寻找当年那棵槭树,那树的树冠更大了。树下的石条却不见了,换上了木条椅,木椅上有形迹可疑的纸张和不知被什么人丢弃的蓝格子手帕。中年的许多想法往往无结果,忽然想念年轻时分的女友,忽然鼓足了风帆般的勇气骑上车子去了,转过那个绿漆的铁栅栏,进了那个二十年前已经熟悉了的门,她在书亭里静静地坐着,穿着淡黄如夜来香花瓣儿的纱衫,手边有一杯茶,茶杯上套着草编的套子,已经不是当年的茶杯当年的套,身边堆满了开包或没开包的书,墙上贴满了歌唱明星的磁带广告画。你却忽然不知该说什么,忽然明白那已经是二十多年前的事了。你想起了十多年前乐此不疲的接吻,你还会想她是否常常会想念那个温情一如烈火的夜晚,你分明想重复什么,但你忽然想到了自己的家庭,你转身之际,有多少镇定和对自己灰溜溜的不满。青年时期总想用心去接触女人的心,想表演出无限的爱情,中年似乎不想再用心,也不想在灯下写信,也不想在月下长谈。中年想什么?往往是想看看自己生了锈没有,如果把自己比作一把刀的话。中年担心的一个问题是总想知道自己是否还有魅力,所以这时候倒不是为了友谊去结交别人,中年的风景是否把尊严这株树种得太靠中间了一些?太觉得自己是个人物,太觉得应该树立自己的威严,太注意自己头发的脱落。是否太忽然对某人不公平起来,是否太虚无了文学而自己却水准太有限？

人到中年，谁会不期望一次艳遇？就像旅行山中，谁不愿看到一树奇花半涧异草？但他又怕艳遇朝自己姗姗而来，怕负责，还是怕什么？所以才有"中年坏人"的说法，年轻坏人精力如纯钢利刀但经验尚不足，坏不到哪里；老年坏人往往体力难支，难以施行自己的坏主张；唯有中年坏人，既有经验又有精力。中年太像一株盛夏的大树，树的枝杈给密密的叶片交织遮掩得严严实实，有神秘之鸟在里边栖落着。我在北戴河遇到了那样大的暴雨！雨水把公路漫成了一条湍急的河，我在那个遍地是水的小饭店里，屁股坐在桌上，脚蹬着该屁股坐的椅子听到了那么一个故事：一个雷落在一棵大柳树上，雷过后，从树上掉下几百只小鸟，都给震死了，一个幸运的司机用筐子捡了满满一筐回去饱餐。如果有那么一个雷，那中年之树会落下些什么丑陋不堪的鸟？

我，是否是我一个人发现了自己愈来愈留恋二十岁？

从头来过！是否只我一个人这么想？

如果每个人都能再从二十岁活过来，那么这个世界就会更加难以对付，这是否是所有中年人都曾想到的问题。这种想法往往变成了夜间自由自在飞翔的幽蓝的梦境，梦见自己从高楼之上的窗口轻盈地飞出去，手臂变成了翅膀。夜的城市,夜的灯火很广阔地在自己的下边展开,灯火密集,闪闪烁烁,那种梦真愉快,但又令人惶惑。因为总是从自家的窗口飞出去然后再也找不到自己的家,总是知道自己的家在前边,但总是飞不回去。或者梦见自己在大河的泥滑陡斜的滩涂上一步一滑地行走,怕极了,时时有给滑到河里被卷走的危险,或被稀泥没顶。我坐在发廊的理发椅子上想过这种梦,当理发剪子"嚓嚓嚓嚓"轻轻滑过我的发际时,"要染染头发吗?"这一声轻轻的问询怦然落入我的耳底,不啻一声焦雷。

中年是认认真真开始染发的季节,从头发梢一直染到根部,像在消灭一个秘密,一次杀人灭口,唯求彻底。

中年的风景,更注意自己的眼角、眉梢、头发、手背、睡眠、排泄、心律、腰肢、小腹。女人们的中年,那张日见不再娇嫩的脸会消化更多的化妆品。中年是山之峰巅,人生一如登山,从山脚慢慢登起,终于登到了山顶,但谁也不能够站在山顶上不下山,也不会原路返回再重新登。登上山顶之后的更真实的情绪可能是惆怅与悲哀,一种从未有过的悲哀。

人到了中年,为什么那么想挣脱自己温馨的家庭?为什么那么怕自己日见长高的女儿与自己在人行道上同行?为什么想在家庭之外另筑一个巢穴?那个巢并不意味着和另外的女性的欢情,那仅仅是一个人的巢,只供一个人静静地待着,但那个巢大多只能存在想象之中。那也许是四合院一角的一间只有上午才能见到太阳的小屋,那屋里只有一张绿漆小铁床,床头有一张白漆桌,钟表在抽屉里"嘀嘀嗒嗒"走着,还有一张沙发。墙上有一块半尺宽的挂毯,毯上织着一只大耳朵灰鼠。小屋中间有只小火炉,炉上有棕色瓷质的壶。你一个人在那里自由自在,再没有人在你身边唠里唠叨这不对那不对。或者那间屋是四楼右手的一个二室一厅。朝南的屋子的窗帘一天到晚总拉得很严,保守了室内的秘密。靠墙是栗子壳色的家具,有有镜子的立柜,有录音机,有书籍,沙发上放着那本你总是百看不厌的德富芦花的《棉被》,翻到第一百一十页,上边有几个神秘的字:"棉被太厚,2307.9. 9。"朝北的屋子有一张大软床,床头有玻璃床头柜,有雀巢咖啡,另一边的矮柜上有更多的书,那张床一翻身就"吱喳"作响。你在置于厅里的冰箱里储够了新鲜的蔬菜,如西红柿、西瓜、黄瓜、小巧的茄子,还有新鲜的柠檬,当然离不了冰块。你把自己锁在那间屋子里,对妻子说自己出差去了,你自己在那个屋子里有什么奇遇?完全打破一切生活规律,光着脚在屋里静静地走来走击,什么也不穿,一会儿躺,一会儿坐,一会儿卧,一会儿看看书,一会儿喝点柠檬水,把赤脚高高架在茶几上,或站在立柜前打量刚洗过冷水浴的赤裸的自己。你多么需要有这么一间屋子来放松自己。

中年意味着什么?意味着精力十分旺盛,一如湖边的茅草丛。意味着有劲无处使,像没有笼头控制将要冲破橡皮水管的水源,你十分羡慕窗外那只孤独的红鸽子,独自飞来飞去。到了中年,你才终于把自己的书屋名为"沙鸥书屋"。中年也有时会想象老年,但更多的是对青年时期的留恋,人的一生是由幼年、青年、中年、老年四季组成,一个人,不是四季都很灿烂的。有的人在少年时期十分漂亮,有的人在青年时期十分英俊,有些人像秋菊,到了中年才让人品出味道,有些人到了老年才光彩照人,如齐白石。你在中年的时候也许想象过自己的老年是什么样子——这是否是一种准备?或者你已经想象了那么一处准备给你的老年居住的所在,离湖边不远的院子,土墙、土屋,坐北朝南的三间上房,老木头雕花的窗棂,里边收拾得干干净净,堂屋用来会客,客来有茶以待,茶用青瓷小盖碗烹。最好的坐具是一堂竹器,不用斑竹,嫌其太雅。还要有宽大的木榻,上边可以铺狗皮褥子,随你坐卧。东边的厢房是你老年的卧室,一条炕是必要的,太阳可以照着躺在炕上的你,冬季屋里要有"轰轰轰轰"的炉子燃烧声。西边的厢房是书屋,满墙的书架,临窗的大书桌上有砚、水盂、笔筒、花瓶、香炉。从窗子看出去是你的院子,狭长的院子种满蔬菜和妩媚的罂粟。你早晨的功课是莳花锄草,给豆角搭搭架子。你身着布衣,足蹬布鞋,鞋子一定要有三双:一双如厕、一双居家穿、一双远足。但你忽然又想那简直不可能,一旦心脏病发作,你将如何急急进城求医问药?

中年也是一个富于幻想的季节。

在中年的风景线里,妻子总是模糊不清,或者是一株你认为长在视线之窗前的树。你觉得她遮住了你,妨碍着你。你想把这株树移植到什么地方去。只有你走得够远,像一个园艺家一样把精力放到另一株树或藤萝类植物之上,你给另一株树施肥浇水,看着自己的劳作在这株树上发生变化,此时,你才忽然觉得自己深深地对不起妻子。你会忙忙地跑回到妻子身边去,帮她拖地、洗碗、洗衣,和她说以往没有过的那么多味道甜美的废话!你忽然发现她长得竟然是这样,以前怎么没仔细看过?中年的风景线中,妻子这株树总是长得不是地方,其他树又似乎长得太多,左一株右一株!到了老年,那些会行走的美丽动人的树都消失了,走到别的地方去了,只剩下爱妻这一株。当这一株突然消失时,你的心地上就会长满了回忆的荒草。

中年的身体、中年的幻想、中年的夜生活、中年的三餐、中年的想法、中年的嗜好,中年这个时期还弄不清为什么少年喜爱狂草而中年会去喜欢楷书,晚年则又会回过头喜爱狂草。到了中年,为什么会厌倦了小说而去喜欢散文?

到了中年你还保持什么嗜好?抽烟、饮酒、品茗、赏花、养鸟、垂钓、远足、足球、对弈、啸歌。中年是一个喜欢夜晚的季节,老年则喜欢白天,惧怕黑夜。我始终认为,老年不适宜搞根雕,不必在枯死的树根里寻找灵感,老年的风景里应该出现笼鸟、猫和狗,中年则不必养鸟。一次忽然心血来潮的出游会把家里的笼中鸟饿死。鸟、猫、狗是一条由家庭释放出的看不见的链;花卉也是这样,家里养了十多盆心爱的名花,你就会时时牵挂它,你就不会一去数月地浪迹天涯。狗和猫也是这样。我在少年时期,多么喜欢水仙和茉莉,喜欢那些会开的植物,喜欢桃树和杏树,春天那一株株开得多么热闹但又多么宁静的花树多么令我惊喜。而进入中年,我怎么会偏喜了阔叶的龟背竹、橡皮树、叶子如蜈蚣的蕨类植物,喜欢那种名叫"波士顿"的草?青年时期对一株开花的桃树的赞叹而想让别人也同时赞叹,这时却转移到在一片林子里的独自徜徉。

像狐狸一样踽踽独行,自得其乐。

这只狐狸端坐茶几旁,慢慢品茶,其心底是多么孤独!

你在水畔林下常常能看见一大群青年在野餐嬉戏,兴致勃勃。但你仔细回想一下自己的远足所见,是否见过一大群中年人在一起嬉戏?

孤独是中年河流中的脉脉水草,你不迫近那条河很难察觉水下那一波又一波的水草。

当孤独袭来的时候,你是多么渴望酒,渴望谁来与你共饮。你会去打电话,找理由暗示你认为合适的人是否可以"晚来天欲雪,能饮几杯无"。一个人,还是两个人,还是三个人,忽然来了四五个人,团团地坐在你的屋子里,这时候你也许已把爱人打发到了别处,或者你选中了她不在家的时候。这难得的一聚才会热闹放肆起来,你围上围裙跑到厨房里去,忙得团团转,葱、姜、韭、蒜,你亲自设计菜谱,你不愿苟且凑合,中年的口味已不是青年时期的不加选择,挥筷便上可比,清蒸石斑鱼、白煮荷兰豆、蚝油蒿苣、清汤羊肉,你力求寻常而又不同凡响,力求让朋友们吃得终生铭记难以忘怀,你十分地夸大了自己日见萎缩的酒量,而突然那么怀念小学的同学,想起小学时的一场球赛,你的一个刚从乡下来的同学在众目睽睽之下把足球踢到自家的球门,你突然忍不住放下杯子大笑,说起这段往事,于是问起许多久违的同学,回忆的光芒一下子照亮了许多张小时候的脸,于是你多么渴望"同学会"。

一九九二年春节过后的第六天,外边飘着小雪,我那天晚上在床上借着床头橙黄的灯光阅读了什么?那么津津有味,那么一旦拿起就难以放下,我第一次感到四页一册的同学录那么富有魅力,时光真是最快的列车。

中年是一个焦躁的园艺师,他总是希望玫瑰在一夜间马上开放,他总是等不及玫瑰慢慢生长。到了中年,求田问舍的想法为什么有时会来得那么强烈?你冒着细雨去看一座古老的小四合院,你打着一把黑布伞,走进那个树木扶疏的小小的院子,这已不是精神意义上的求田问舍,定居的思想往往形成于中年。你不再浪漫地想象自己有朝一日会住到海滨或南方的某个有着许多朱栏小桥的城市里去。到了中年,你也许会拒绝那以往对你十分有魅力的小城的邀请,而固守你苍老陈旧充满了回忆的地盘。好马要吃四方草,从这一意义上讲,你是否过早地衰老?

你希望自己的住房不再那么拥挤。你怕寂寞,但又希望安静。你希望自己的居室更富有情调,你开始喜欢古式硬木家具,硬木太师椅上搭一件幽凉的鸭蛋青色绸衫,明式硬木的茶几上放一只豆青盘,里边是七八只红樱桃,只七八只,你希望房檐上垂下一只空洞无物的鸟笼。你希望不大的屋里挂了许多重丝绸的帷帐,一重又一重,有一个影子总在帷幕后边晃动,你希望有几只屏风,上边画着柔美的风中芦苇。一只雪白的大猫在屋里无声地走动,偶尔叫一声但春季绝不会疯狂地嚎春。你还希望什么?希望在屋子里有豆青的色调?或者高高的茶几上有一把打开的羽毛扇,扇坠下垂,闪烁着一种光彩内敛的游移的光斑?

你希望你的居室在四堵粉墙之间,大雪覆盖了院子里的芭蕉,可以看到门口放着的那双防滑的雪鞋,主人已经走到里边屋子里去了。从敞开的门口可以看到屋里矮矮的书几,书几上除了书卷还有那插在古陶瓶里的梅。

房舍肯定是中年的想象中的一部分。你希望自己住在想象中的院子里的第几间屋子里?是否在最高的可以看到梧桐后院的那间?伏在窗口还能看到雪里芭蕉。

这些你都常常在想着,但那真正的是个梦!你在夜里把自己积存有年的七八万块钱数来数去,始终定不下是买套房子还是去郊外买一处临湖的农家小院。你实实在在能实施的只是关怀自己的一日三餐。

你的胃口不再如青年时的狼吞虎咽,各个方面都不再做狼吞虎咽状。你以欣赏的眼光打量食物,又以精确的养生态度对待那早晨的一只鸭蛋、一杯白水、一个面包和半匙黄油或果酱。你拒绝油条和过于油腻的红烧肉盖浇面,这表现了你过分地自爱自己的中年。你对食物挑挑拣拣,多一点油不行,放味精也不行,粗制滥造的果茶和各种自吹自擂的饮料都被你排斥于门外。你对不少人说,要喝就喝果珍吧,如果在没有新鲜水果的日子里。有新鲜水果的日子里你总是把几只鸭梨、草莓、樱桃或桃子或一串鲜荔枝放在那只尺八的豆青大盘里。春天,那只盘子里放过颜色极美的小水萝卜,每一只粉嫩的水萝卜上都顶着一小撮儿多么可爱的小萝卜缨。夏秋之交,你在盘里放两枚朱红夺目的西瓜,你还喜欢石榴,开口大笑的石榴。

中午那一餐,晚上那一餐,你都拒绝你一向喜爱的四川回锅肉,又红又辣又香又烫,你像是和自己过不去,但忽然忍不住了,匆匆做出一盘来开怀大嚼不亦快哉。

中年是一个想节制但又节制不住的季节。

中年夸张自己的酒量有多少可笑的表演意味?你怎么能够想让人羡慕你的酒量——那夸张是多么可爱。当有人指出你是在夸张,你突然感到害羞,那羞怯又是多么可爱。到了老年,夸张也没有,害羞也不再会,一个人会害羞是件多么好的事。

到了中年,你突然会发现自己是多么厌恶自己的工作,多么厌恶城市,多么厌恶鹦鹉学舌般的教书生涯,多么厌恶"啪啪啪啪"在黑板上写字。你会在五六十名学生面前突然走神,把一堂课讲得一塌糊涂,或者把一堂课讲得毫无生气。总之,你厌恶了。工作对一切人来讲,有时候太像是一日三餐,得换换口味了,工作是什么?工作是看不见的枷锁,你多么向往自由自在。

终于有一天,你突然在学校东边的空地上悄悄开出一小片地来,你一锹一锹把那黑色的土翻开,拍松,你把泡得努出芽儿的豆种轻轻播到土里。忽然有一天,那豆苗长了出来。你又想到了食堂后边的那堆焦黄的竹竿。

你锄了一遍那片小得可怜的地,又锄了一遍,忽然明白了陶氏渊明如果真的荷了锄去锄七八亩地,那么,他也许再也没兴趣写那些田园诗了。你又想起了那本深蓝封皮的《瓦尔登湖》,亨利·戴维·梭罗是不是到了中年才动了去瓦尔登湖的念头?那么,陶渊明呢?他什么时候归的田园赋的菊花?你忽然跑回去,翻遍了书架,却找不到陶渊明的年谱,但你相信他一定是中年动的归隐念头。

人到中年为什么会向往田园生活？你突然觉得应该让自己来安排一下自己,你突然明白自己有一半时光已经过去了。后一半儿应该怎么度过,怎样才能属于自己。

中年是什么？是既有经验又有精力。既进入了十分有规律的生活又时时想打破这个规律。不是有人曾告诉过我们,中年是酒量下降,唱歌跑调,容易走神,容易感慨、感动、伤怀的年龄？

如果问中年的风景是什么？那么这幅写生极难画,它多么像五月末的芍药圃,芳菲将谢而未谢。一个人静静端坐在卧榻之上,闭着眼,端一杯清茶,仔细从自己想想,你就会觉得中年很难说,中年的风景说实话什么也不像,它只像中年的风景——从衣饰到发型,从饮食到休眠,从爱情到渴望。从工作到想象,从喝酒到郊游,从里到外,它只像它自己。

你端坐在卧榻之上做种种想象的时候,也许会突然觉得害怕,怎么不知不觉就到了中年呢？真的,中年很难言说,你为了弄明白中年,你突然又犯了傻,你去了图书馆,终于发现那里并没有"中年报"和"中年杂志",许多人像你一样惶惑……

读书与写作

如果问我喜欢什么？那么对我来说，很可能就是读书。当然，吃川菜、喝绍兴酒、写小楷、画兰竹也很愉快，但过后总觉空虚，都不如读书来得有滋有味，宁静而充实。

读书无疑是一种自闭。试想孤守一室，面前只是书，这是一种说法。如果从另一个角度去认识读书，那么读书又是一种美好的自娱。当然，这个自娱不是一个人能完成的，还得有书，书是对象。外边下着丝丝的小雨，有人撑着伞在雨中踽踽行走，而你却慢慢走进书页里去。这都是很愉快的事——这不仅仅是阅读一本书，还是生活方式之一种。

我认为读书和吃饭不同等重要，吃饭是用嘴，人脸上的器官数嘴最肮脏！读书是用眼睛，眼里揉不得一点尘屑，吃饭是为了活命，读书又为了什么？我常想，吃饭可

明季山水用
墨多枯瘦石
溪初重写於
抜湘樓書

以使人发胖或不慎得上胃病,读书有什么用呢?读书破万卷,下笔若有神!若有神又有什么用呢?这是我常在想的问题。

我的食性颇杂,但很怕吃炸蚕蛹、炸蝉之类的食品。端上来先就是一怵!看到别人满脸油汗,勇敢地举箸大嚼也不知有羡。尤其是炸蝉,我会想到蝉肚子里的屎和尚未消化的树叶了。我不相信蝉只凭饮风吸露就可以维持生命从而高歌不歇,我认定了它要吃叶子,于是,便剖开炸得半焦的蝉去看里边有没有绿色的东西,结果恶心欲吐。但对于读书我却不这样挑剔,什么都喜欢翻翻。我喜欢在晚上睡觉前读一些性的知识,如果我的爱妻在身侧的话。在厕所里蹲着的时候我爱看食谱,比如袁枚的《随园食谱》和黄云鹄的《粥谱》,我想我在厕所里读食谱一定和排泄有什么关系,后来想明白了,一个是进,一个是出,简单得很。袁枚是个很会享乐的老头儿,但他的酒量可能平平,而且他喜欢喝绍兴老酒。不过他对汾酒有极好的形容:

> 既吃烧酒,以狠为佳,汾酒乃烧酒至狠者。余谓烧酒者,人中之光棍,县中之酷吏也。打擂台非光棍不可,除盗贼非酷吏不可,驱风寒,消积滞,非烧酒不

可。山东高粱烧次之,能藏至十年,则酒色变绿,上口转甜,亦犹光棍做久,便无火气,殊可交也。

这段文字很令我喜悦。

写《粥谱》的黄云鹄是位迂腐的糟老头子,但于迂腐之中也时见令人可喜之言论。如他喝粥有种种的讲究:

水宜洁,宜活,宜甘。火宜柴,宜先文后武。罐宜沙土,宜刷净。宜独食,宜午食,宜与素心人食。食后髭须宜揩净。食后宜缓行百步鼓腹数十。宜低声诵书,宜微吟,宜作大字(作小楷必低首垂腰,食粥饱怕不宜)。

这是何等的姿态! 如果说我读书"食性杂",那么厕所就是我的"杂览斋",如果题匾的话。古往今来有没有在厕所挂匾的? 有一次,夜里我被楼上的流水声弄得久久睡不着,我想来想去最终明白问题出在我的心——不是声音在人,而是我以自己的心去迎合那声音。我便突然下决心吟诵一些诗句以驱逐内心的魔乱。我忽然想到了"夜船吹笛雨潇潇"这句诗,我幻想我躺在雨点斜扫船篷的船上,身下是脉脉的江水后来竟睡着了。古典的诗

词常常能引人入魔,这也反衬出我们现代人的可怜!不过,夜里失眠背诵一些古典名句也真是无可奈何之中的慰藉。如:

池塘生春草。
蝴蝶飞南园。

天生地造的一种毕美!我常常惊叹古人捕捉美的能力,为他们有那样的眼睛那样的手段嫉妒不已!更使我佩服深深的是能将有抽象难言的心情表达得十分优美具体。如:

思君如满月,夜夜减清辉。
春如十二三女儿学绣,一枝枝不教花瘦!

我常常被这些美丽的句子折磨得思来想去。这么好的句子都让古人写了,我们还能留给后人什么?这是我读书写作之余常常想到的问题。

古典的诗歌,似乎更简洁,内涵更丰饶一些的要数《诗经》。古人把《诗经》与《周易》并驾称之是有道理的。

女曰鸡鸣,士曰昧旦。

子兴视夜,明星有灿。

这种诗歌的境界透着远古的清冷,总是深深打动我的心。它又很像是现代人的吟诵。

我读书的时候常常想,艺术的终极目的是什么?后来我终于明白了,艺术的终极目的乃在于让人们一下子忘掉现实,坠入艺术的黑洞里去。欣赏范宽的山水,你会不知不觉走进那萧索的深秋山林里去。听音乐也是如此,比如《高山流水》这一古琴曲,被刘滋饶老先生弹得出神入化!那真像是一根柔韧而结实的绳索,把你一下子牢牢牵定。读书也是这样。

有一次我携了一部石印本的《聊斋志异》,到离云冈石窟不远的观音堂里去读。观音堂对面是石头山,背后亦是石头山,左边是石头山,右边还是石头山。那一夜下着急雨,寺院里又没有电灯,只有摇摇曳曳的红蜡烛。那个比我只大两岁的年轻和尚在后边的禅堂里不紧不慢地敲木鱼,雨气和阴凉的寺院气在禅堂里游动时,真让人恐怖极了!这可能就是情与景会。那一夜,真是令人难忘,那一夜我读了《画皮》《席方平》,后来就恐惧得不敢读了,跑到楼下后边去和那个和尚说话,至今想起来还是有一种冰冷的恐怖感。那一夜,我和那个年轻和尚同被而眠,他的粗布被子有一股久浸入内的香火味。我闭着眼想象他是得道的高僧,鬼神奈何他不得!我在受着他的呵护。

我实际上是一个满足于心理虚像的人,这样的人应该去做画家,我却执笔为文,这是一个错误。

那一夜我深深感到了文字的力量。如果没有书,那一夜一定平淡无奇,唯有风雨入耳矣!在那种境界里,书使我忘掉了现实中的一切——音乐、绘画我想都不会有这种力量。听音乐的时候,你更像是沉浸在河里,听凭河水从自己身上流过。看画的时候你往往想到的是另一种天地,与你所置身的这个天地的区别。读书则不然,读书是一种行走,在书中行走;一种接受,交往从未交往过的人。清末有大家女子忽然染病而逝,死后人们发现了她枕下的《红楼梦》。她的死是不寂寞的。有人抱着《红楼梦》跳海,那么,他究竟是跳到哪里去了?真应该好好儿想想。读书真是太复杂了,人人都在书里撞来撞去。高尚的书令人高尚,如《简·爱》,你读后会觉得自己有些卑下。低级的书往往令人低级,如《玉蒲团》,不但引起生理上的萌动,也让人想入非非。《玉蒲团》这本书给我以异常强烈的刺激,它使我在少年时期便明白了性远远要比写字、治印、画画、吹箫、品茶、赏竹、种花重要。

各种的书有各种的品性：狂躁、偏激、忧郁、粗野、腐败、神秘、恐怖、苦恼、残忍、混乱。我一九九〇年住院时，一个十七岁的皮肤白皙的少年和我同病室，他的腿断了。出院后我才知道他是看了金庸的武侠小说，心辄向往之，从高处往下跳。后来我一想起那少年就觉得异常亲切。我痛恨借读书以致昏睡的人！

人和这个世界交往的方式不外乎交朋友——优游和宴乐。交朋友交到最后会是什么呢？什么也没有！当友情和爱情和种种不可明说的情绪沉静如水之后，你会发现内心一片空白。此时，唯有书能暂时进入你的心，或你暂时进入书的纷繁情节里从而摆脱孤寂。书是人类最好的朋友。

苏东坡真是个很会读书的人。他读书的地方真是妙极了——九江和青衣江在那里汇合，夜夜听着不息的江声，他在那里读书写文章。故其文奔放而浩漫。我上乐山的时候就感叹古人做事的严谨：不图苟且，生活态度之有味。在好的环境里读书，真的能唤起人们美好的生活感情。如在春天花开的时候，去找一株开花的大树，坐在树下读一本书，让花朵静静飘落在自己周围和身上……但这时候读什么呢？

有人告诉我,上好的大米饭合着一盏清茶,其味绝佳。我一试果然如此。

那一次,我去地名叫"红沙坝"的地方,在那里我被惊得目瞪口呆,是因为看到了那么两大株气度雍容的海棠树——简直是两座花山!那次我是刚从太原回来,行囊铺解,躺在花树下,落花打得我脸痒痒的,太阳晒得我下半身十分惬意。我想读书,行囊中翻出了泰戈尔的《飞鸟集》,翻了几页,我突然觉得悲哀——大自然如此美好,还要我们作家做什么!

读书人有书可读是幸福,更加幸福的是有选择地读自己情有所钟的书。比如我,很爱读日记与书信。这可能是一种窥私癖,比如我就很爱读鲁迅的日记,始终弄不明白其"濯足"是怎么一回事。一个南方人,十天半月洗一回脚?鲁迅先生是学医的,不会如此不懂卫生吧?我想可能是另有所指。

又如读毛泽东的书信,突然读到以下这封简函,是毛泽东致任弼时的:

弼时同志:
　　送上红鱼一群,以侠观览。
　　　　敬祝健康!

毛泽东

六月九日

　　查一九四九年六月九日毛泽东初到北平,他在什么地方弄来一群红鱼。是金鱼还是锦鲤鱼还是热带鱼？这是何等的风流蕴藉！如果不是读毛泽东的书信,许许多多的人做梦也想不到毛泽东会像普通人一样赠任弼时一群红鱼。读日记和书信的一大好处是更接近你想要熟悉的人。

　　读书和写作不同,写作起码要有一张桌子。对于我来讲,还需要有一个比较安静的环境和一两盆花。我写作的时候喜欢有植物在旁边。绿色植物往往导我入宁静。读书则不必非要有一间书房,手携一卷何处不可展读！古人的"三上",我记不清了,大约是厕上、马上和枕上。在马上读书我想是件危险的事,且又读什么书呢？读极正经的书,如"四书五经",显然不行。读《史记》《战国策》似乎也不可能。我想也不过读些小词小令之类的东西吧。马上读书危险——一九九一年吃新鲜蕨菜的时候,我骑一匹红马从五台山上下来,山陡路滑,我一次次好像要从马头上翻栽下去,骑马下到山底心犹惶惶乱跳。

　　现代的人往往难以想象古人的生活。比如顾炎武,他考察昌平一带山水,常常是要几匹驴子驮书。照我们想来,似乎是孤寂萧条,其实不然。那是一个小型的旅游团,起码要有四五匹驴子,一匹顾炎武骑,好几匹驮书,还要有驮粮、驮茶具的。光茶具就有二十四件头,比如茶灶、茶盏、茶活、茶臼、拂刷、净布、炭箱、火钳、火斗、茶盘、茶囊,这已经是从简了。还要有驮换洗衣服的,还要跟一二仆人。如果顾炎武要在驴背上昂然读书,那一定要有人在前边牵定了驴子,绝不可能驴蹄嗒嗒,信驴由缰。顾炎武想来个子很高,因为我记不得是在什么地方看到过他的一双鞋子,足有现在的四十三号码大!想必个子也会有一米八左右。这么大的个子骑在小驴背上是不大舒服的。我想他在北京昌平一带考察山水一定是骑着马的,但在马背上读不读书这很难说。李贺是会骑在驴背上作诗的人。李贺一定瘦削白皙,所以才早亡。骑在驴背上吟诗,吟则容易记则难。古代没有金星牌自来水笔,吟出了好诗怕忘掉就要赶快下驴记下来。想一想,古人没有我们现在的方便倒有比我们多十倍的耐心!这一点令我惭愧而感动。古人的文章总写不长可能与书写工具有关,从这一点上讲,茅盾先生用毛锥子写完一部《子夜》真是令人起敬。古人的"三上",最令人愉快的是枕上。我是喜欢卧在床上读书的,我爱人说我没骨头。我想人在不行走不劳动时没骨头也许是好事,很柔软地躺在床上全身心地放松,像鱼一样游到书里去。我很想找人画一幅"卧床读书图",但分明很难画,反而会给人留下装模作样的坏印象。有些床上的事情,采取什么姿态都不让人觉得是装模作样,唯有卧床读书,一入画便俗不可耐,怎么看都是装模作样!毛泽东是卧床读书的大家。他有两副卧读时戴的眼镜,一副没左腿儿,一副没右腿儿,朝左躺卧戴没左腿儿的,朝右躺卧戴没右腿儿的。从事写作的人,大多是卧床读书派,写作时一定要腰板挺直,读书时所以必不能再这样,就像是弓,要一张一弛。

我常常想,有朝一日躺在草地上或躺在菜花丛中去读书。我常常这么想,满足于画面感的想象,却从没有去实践。我想一旦真躺在草地上,蚂蚁啊,虫子啊,螳螂啊,各种不知名的虫子在你身上爬来爬去,读书兴趣就会减半!更不敢想的是突然从草丛里滑出一条黑油油鸡脖子粗细的花蛇来。

我从小畏蛇如虎,一九八六、一九八七、一九八八、一九九〇、一九九一年,我经常住在南京上乘庵我的好友的斗室中,睡在他的地铺上,晚上就觉得有蛇在从窗外的石榴树或枇杷树上蠕蠕地爬进来。我这种神经兮兮的胆量,怎么敢躺到草丛中去读书!有时在电影里看到人们在丛林中奔跑或迟疑地走动,我就不由得为他们担心,怕他们遇到如椽大蛇!

总之,我很少看到郊外林间有人在草地上仰然跂然地读书,在车上读书也不可以。有一次,我在公共汽车上读随手抓到的东西,结果车过七站我才发觉,再坐回去时已误了事。

我的书一般不借人,如果此人看书时爱龇牙咧嘴地搔头,我就更不借。打耳光也不借!看书搔头是一大恶习!残发和发屑落在书页里这本书就算给玷污了。一边看书一边吃东西也不好,比如把芝麻烧饼的碎屑什么的掉在书页间总是让人不快的。但读书时吃苹果似乎还行得通,不像橘子、香蕉和炒栗子,苹果的汁液又不会充盈到"咝咝"溅射的程度。

许多人都认为写作是苦役,但我想十个真正的作家有九个都会喜欢伏案写作。因为写作的时候才是作家最愉快的时候。当白白的稿纸铺在你眼前时,人物和场景慢慢在纸上浮现,那真会给人带来一种异样欢快的感觉。有人习惯于在家中熟悉的环境中写作,如作家李锐;有人习惯于在写作中听音乐,把声音放到最低,低微得好像是从星际传来。这种种怪癖总是因人而异。

我写作散文时总离不开茶,总要泡一杯三月的新茶,在茶的淡淡青涩的味道里走进我的散文,所以散文也总写得浓烈不起来。我的作品大多属可有可无之类,我想这与我在写作时爱喝茶有关。茶实实在在是可有可无的东西,不具备猛烈的力量,不像酒,喝下去便让人晕头涨脸发疯要死!爱喝酒的人是不是可以写出惊天动地扭转乾坤的东西,我看未必!爱抽烟的人又如何呢?

享用新茶要用精神,用精神去契合茶。用嘴用鼻都不对!新茶是喝到精神里而不是胃里!我读《简·爱》时分明感到了英国的潮湿和多雾。我这么说实在有些可笑,因为我没有去过英国,但我想《简·爱》的作者一定是在英国多雾潮湿的环境中完成的《简·爱》。《简·爱》这本书有阴冷让人难耐的一面。我不知道夏洛蒂·勃朗特在写作时是否吸烟或是喝酒,但我想她会去时不时地烤火,在壁炉边沉思。

我写《永不回归的姑母》,是在晋北的山上,那个村子马口,是春天,去的时候山隅间桃杏花在忧郁地开放着,山里的桃杏花静静地开静静地落让人觉得伤感,因为没人去欣赏它们。后来我住到山上,在几乎一夜间写完了《永不回归的姑母》,约三万字,第二天天亮了才知道外边下了雪。对面山上一派银光闪烁。我住的那家土窑是在一个高山坡上,因为下了雪,我就下不了那个坡,要想下,就得坡上有人用绳子牵着你才可以,像牵牲口一样。我不愿下去,就朝下看一夜之间披满了雪的桃杏花。又是雪又是花的景象就是那次看到的。我不知道那些花朵感到了寒冷没有。我住的土窑里的那只猫在灶台下的灶洞里生了一窝小猫。在半夜的时候,母猫率领小猫出来练习走路,我就顺手把它写进了小说里。《永不回归的姑母》有一种凄凉感,就与写作它的环境分不开。那次待在坡上看雪和花组合的奇景,我想到了陆游的诗:

  溪头欲觅路,
  春泥不可行。
  归来南窗下,
  袖手看新晴。

我写作的屋子不大,由于放满了书,就显得更小。我的书没处去,只能安排在我的小床上、桌上,各种地方都摆一些。我写作的时候不仅不会受它们的影响,我看到桌上那么多作家的作品,便常常想我是否会写得比他们好。我写作的时候很怕太阳晃,一晃脑子里就一片空白。白天我得拉上窗帘,像鼠类一样向往昏暗。我写作又很怕桌上突然出现极新奇的东西,比如去年一个朋友送了我一只日本茶碗,碗里碗外都画着几笔青花。这种茶碗只适宜赏玩而不适宜品茶。我一边看着它一边想日本人实际上从各方面讲都很小家子气,比如他们的漆器和瓷器都做到了家,反而没什么意思了。插花和饮茶到了他们那里便变成了一套规矩,这真让人受不了!我由瓷碗想到了这么多,还想到了感情上和我似乎有些亲近的日本女翻译××××,她在一九八五年把我的《荷心茶》翻译到日本,后来我在大同宾馆见到了她,和她没头没脑地谈话谈到凌晨两点。她毕业于北京大学。因为一只茶碗我想了这么多,结果文章就写坏了。所以,我在写作的时候很怕新奇的东西一下子扑到眼前,连厨房里炒菜都不行,香味一飘来,我就蠢蠢欲动。晚上写作无疑是最好的选择,但晚上写作的人容易悲哀。我写到夜深人静时会有一种莫名的恐惧袭上心头,那常常是午夜时分,写着写着突然浑身一抖,身后很冷。这莫名其妙的一抖,真是让人感到害怕,然后就是失眠。失眠的时候,我就总想做一种事,但此时人们都睡着,包括我的爱妻,于是只能打消念头。

就是那样的令我莫名恐惧的午夜,我突然看到了案头水仙的轻轻颤抖。我养的一盆水仙,说盆有些勉强,准确说应该是盂。豆绿开片的瓷盂,是祝大同先生送我的,种着我每年必种的水仙,开的时候我就把它放在案头。那天夜很深了,我猛然回头就看到了它在兀自颤抖,叶片和花轻轻抖了一下,又轻轻抖了一下。我突然被一种未知的神秘之感攫住,在那一刹我感到它的生命!它正望着我,我想这时许许多多的生命都沉睡着,而这水仙却没睡,开着。我突然想起川端康成那篇《不眠之花》。我凝视水仙,觉得它实在是美极了,而这美又短暂极了。它盛开着的同时又包含着一种难以排遣的哀伤,生之中包含了死。我不知怎么就在那个午夜吻了它一下。我觉得我那一吻实在是伤感透了!我突然后悔我一直没有很好地欣赏它,那种感觉真是叫人惊讶!那种伤感的情绪可能是我心底最真实的情绪,所以我写的东西总不能叫人昂扬或焕发。

我是一个可以走出自己的屋子到外边写作的人。我常常又能在一些新奇的地方被一些新奇的景物或事件紧紧攫住从而完成一篇作品。我在夜晚长江客轮的甲板上久久地注视过一位借着灯光用扑克给自己算命的姑娘,第二天我去客轮上的浴室洗澡,我看见她也去洗。她没穿鞋,穿着白色短裤,光脚踩着湿漉漉的甲板,脚红润润的很好看。我洗浴的时候似乎听到女浴室那边也在轻轻说话。那天我在船上写一篇散文《女人》。我很怕穿黑衣服的女人,那天夜里她在甲板上就穿着黑衣裙,有不少蝙蝠在轮船的探照灯柱里"吱吱"叫着飞行。

我在船上很爱洗浴,一天之中洗了四次!每洗一次精神都像获得了一次复苏!

那天我写得很顺利,我趴在二层铺上,一直那么趴着,一直趴到浑身不舒服,身下都湿了,第二天船就到重庆了。

写作的时候,我真的离不开茶,一旦没茶我就六神无主。我的爱妻上个月从南方回来,给我带回来的就是茶,一百八十元一斤的乌牛头龙井半斤,一百六十元的惠明茶半斤,还有一百九十元一斤的买了一斤,竟然打在包袱里托运!人回来包裹还没到,我听了很急,很替那茶担心。我嗜茶如命,在北方储存新茶,最好密封放到冰箱里去,湿度和温度都可以使新茶历久常新。这是我的朋友金宇澄告诉我的。对于我来讲,有书,有纸笔,有好绿茶,就满足了。

　　吾家自有麒麟阁
　　第一功名是品茶

我在给李国涛先生刻的印章上刻了两句这样的边

蜀山行
腳後猿一啼
翩翩玉

款,我把司空图的句子篡变了一下,原句好像是:吾家自有麒麟阁,第一功名是读书。好像是这样的。

别人是以画养性,我是以茶养文。以茶养文,文性必柔弱。天下柔弱莫如水,其刚也莫如水,水滴石穿是最好的佐证。

周作人先生一开始号"苦雨翁",斋名"苦雨斋",是因为他的八道湾一下雨就积水。后来又改名为"苦茶庵",左右不离"苦"字!我想他写作的时候也可能喜欢有杯清茶在其侧。他写过一篇短得不能再短的小文叫《茶话小引》,这篇小文让人想到元人山水小品。文如下:

> 茶话一语,照字义说来,是喝茶时的谈话,但事实上我绝少这样的时候,而且也不知茶味——我只吃冷茶,如鱼之吸水。标题《茶话》,不过表示所说的都是清淡的,如茶余的谈天,而不是酒后的昏沉的什么话而已。

鲁迅先生写作的时候也是要喝茶的,查鲁迅日记,一日之内有买五斤茶的记载。

寂静的午夜,专心的写作,清淡苦涩的茶,除此还要什么呢?

写作的时候,我大多在午夜时分停笔,看稿的时间必定是第二天早上蹲在厕所里的事。我习惯第二天在厕所里把头天所写的稿子顺一遍,然后再洗脸、洗脚、吃东西。我总是早上才洗脚,这在我的一些朋友看来似乎有种不可名状的诡秘成分,这是我很多年养成的习惯。夏天顺便也把"狐狐然"可能发臭的各处都洗洗,晚上我没时间。

我很崇拜清水,清凉的净水是神圣的东西。

我很羡慕那些有床大的写字台的作家,也想学他们桌上空诸所有,但我学不来,原因是我的住室仄隘得很,连我睡觉的床都要腾出一小半来放书。我写作时最感困扰的是牙疼,写的时间一长牙就疼,不写牙就不疼。这很怪,一个好心的朋友送了我一本精装的《百年孤独》,也送了我一个医治牙疼的妙方,那就是嗑瓜子!他劝我边写边剥食瓜子,但我想了想终于无法效仿。一边写一边"呸呸"地吐瓜子皮,那样的文章,我想读者于阅读之时会心不安的!是否会听到嗑瓜子之声?我的牙疼,可能是写作时间太长而牙关又咬得太紧的缘故。我写作的时候总爱紧紧地咬着牙使劲,那模样一定很怪,很丑陋,很像有人拉胡琴时龇牙咧嘴的怪样子——如果猛地揽镜自照,我想总会被自己吓一跳,好在我写的时候没人偷窥。

我写小说的时候不写评论,道理很简单:小说是羊,理论近乎屠刀！你不能提着屠刀去喂羊儿。我写散文的时候最愉快了,尤其是晚上十点以后的时间。下雨下雪刮风那样的夜里我的写作欲望更加强烈,各种想法在那样的夜里会像速生草一样迅速生长。我写文章从不选择时下的、巨大的社会问题去写,而总是依恋个人生存状态和内在愿望去写。然而我怀疑晚上是否是真正写小说的好时光。古人是早上写大楷,中午写行草,晚上习小楷。作家呢,是不是应该白天写小说,晚上写散文？白天是装模作样的时候,晚上却相对要真实！季节与植物生长有重大的关系,冬季撒一把种子它必不会生长！写作是否也是这样？人和植物有共同点,植物老了,叶片要渐渐枯死；人老了,智慧的叶片也要一片一片凋零！心绪、时间、场景,对写作都有着神秘的影响,这都将反映到作品中去。

比如老子写《道德经》时就肯定内心很静,大概是在晚上一个人独处的时候。这时候,天人合一。

孔子述说《论语》里的那些言论时心情就不会有老子那么沉静,他的对面是一张一张弟子们的脸。

川端康成的习惯是夜间写作,一直写到凌晨四点多,然后再躺下读一两个钟头的书才入睡。他写作的时间正是天人合一的最佳时间,所以他的东西才会那么宁静优美。从心态上讲,川端康成是个健康、镇定的人,如不然,他不会镇定地咬着煤气嘴去自杀。比如我在午夜时分常常会有莫名的恐惧,川端康成会有吗?我为什么恐惧?这连我自己都不明白,但我又爱深夜写作。也许只有死亡才会把我和写作分开,因为恐惧也难以使我停笔!

因为写作是愉快的,所以世界上最神圣的物件之一就应该是笔与纸!纸张常常令我激动。雪白雪白的宣纸最易让人进入玄想了,稿纸也同样。

想来想去,唯一不使我烦弃的就只有写作,唯一使我凡心澄静的也只有写作。写作时,我又常常想着一句话:"独与天地精神往来!"

我漫游四方

我喜欢漫游四方。我自己也不明白自己为什么常常会急于离开自己熟悉的城市与温馨的巢穴而跑到完全陌生的地方去。陌生的地方总使我感动,无论是城市还是乡村。

当我第一次置身重庆码头时,心里充满了湿漉漉的喜悦和对竹子器具的好感。竹子无疑是世界上的好东西之一,无论它青青绿绿地生长在地上或是被人们砍斫下来编成躺椅、睡榻,做成竹筒或食品店打醋、打酱油的提把,它都是很美的。我在南方的许多人家看到随随便便的一根竹枝倒过来便成了一根很好的晾晒鞋帽的晾竿,真是喜欢极了。那竹竿上一根一根的竹枝上挂着一只鞋子或一顶帽子简直就像一片又一片奇异的叶片。

陕西在我的印象中似乎是没有竹子的省份,但西安竟然拥有一个竹笆市。那条小街两旁堆满了各种黄黄绿绿的竹器。置身于那种地方,竹子的气息令我激动而温暖,当然还有草编。草编集中体现了女性柔曼美丽的想象。

那年在重庆,我冒着细雨像一条鱼一样在临江的街市上钻来钻去,我在菜市场漫长的宰杀鳝鱼的长阵前驻足。我不知从哪里来的那么多鳝鱼像蛇一样在木盆里痛苦地滑动,等待着人类的宰杀。我每到陌生的城市或乡村,最喜欢去的地方是集市,乡土气息和土产杂物总令我激动。比如说大牛铃,民间窑烧的黑釉钵,一沓又一沓木板印刷的纸钱和彩纸风车。我在重庆的市集上还看到剔去骨头被风干压平的猪头。那扁扁的猪头太像是风筝,名字就叫"蝴蝶猪头"。我还看到了比书页还繁多的牛毛肚,一沓一沓、一摞一摞摆在那里等待人们去用肠胃阅读。

四川是个好地方。

我在雨滑泥泞的小街旁的摊子里品尝四川火锅,雨丝一阵阵飘过来濡湿桌上的那只笨拙的老碗。北方人的眼睛让我对四川火锅的内容感到吃惊:带鱼、鸭肠、鱿鱼、毛肚、鸭血,种种东西似乎无一不可涮而食之。

我为什么那么喜爱集市而不喜欢气派豪华的大商店?我为什么那么喜爱卖青菜鲜虾的小摊,而不喜欢现代电器商场？我最终为找不到答案而常常苦思冥想。我多么喜欢从成都青成都杜甫草堂出来的那条道上的临河茶馆！成群洁白的鸭子"呷呷呷呷"把头不停地捅进水边的水草丛去寻食。那茶馆里的悠闲的茶客，那被风轻轻鼓荡的白布篷，那河里停着一只孤独的小船，那朝东走下去的被烟火熏得处处乌黑的高大宽敞的面食店。那捞面用的竹篾编的尖底漏勺，那整棵氽蒸的青翠的菜。面盛在上着一半黑釉的碗里，青菜搭着面浇上红辣辣的卤，那印象真是很美。我在那片小店里坐在蔫黑的木凳子上细心吃着那碗面。望着河那边的茶棚和河里的鸭子，觉得那真是一份儿享受，那雨丝总是斜斜地飘过来，四周的一切都散发着南方的色彩与湿漉漉的气息。唯一使我苦恼的是，我在四川整天闷在雨里却听不到"隆隆"的雷声。

在四川我一次次想起这支歌：

太阳出来啰哎喜洋洋

挑起担子上山岗

不怕虎豹和豺狼

说起挑起担子上山岗，我就忘不了四川的峨眉山。有些人在平地上走着还趔趔趄趄，另一些人却背着很重的条石和水泥穿过竹丛往山顶上爬。我常常弄不明白这里究竟包含了什么。想到爬山的人，我不知道怎么就总想到峨眉山脚下报国寺附近从农家后窗看到的芋田。大片大片呈三角形的芋叶在雨中发出了"嘣嘣"不绝的声音。它们在大地上生存有几万年了，但毫无变化，而人类的变化却很大！这就是动物与植物的区别吗？

我喜欢漫游四方，去看一些在屋子里永远看不到的东西。比如说那一尺多深的浮土，"噗"地每一步踩下去都深可没膝，那是在三门峡旁边，漫山遍野烧石灰的小窑把整座整座山无情地吞噬掉了。烧石灰的烟把远远近近变得一片迷蒙。在那种浮土里你简直找不到道路而时时觉得就要窒息，而右边就是滚滚滔滔的浑浊的黄河。

我认为世界上最伟大的是道路，任何建筑都无法匹比的也是道路。道路永远不仅仅只是一种技术成就。一条又一条宽宽窄窄的道路把人与人、城镇与城镇、乡村与乡村、湖泊与湖泊、山峦与山峦联结在一起，山上的道路尤其令我感动。

我爬峨眉山的七里坡与十里坡时，一共歇了九次。当我看到抬滑竿的脚夫从我身边擦肩而过，真惊叹他们的脚掌、脚腕、小腿、膝关节、大腿、腰、背、膀子、胳膊、小臂、手，惊叹他们的心脏和肺是那么健康和坚毅。我想起了惠特曼响彻寰宇的嘹亮的诗歌。惠特曼永远是我最喜爱的诗人,惠特曼在他的诗歌里以太阳般的普照给予几乎是一切人以爱。

他的《大路之歌》写得多么好:

> 我轻松愉快地走上大路,
> 我健康,我自由,整个世界展开在我面前,漫长的黄土道路可引我去想去的地方,
> 从此我不再希求幸福,我自己便是幸福,
> 从此我不再啜泣,不再踌躇,也不求什么,
> 消除了家中的嗔怨,放下了书本。
> 停止了,苛酷的非难。
> 我强壮而满足地走在大路上,地球,有了它就够了。

我踏着道路远别了一些城镇又亲近了另一些城镇,我就是那么行走着。因为漫游,常常有些动人的画面或奇迹会突然在你面前出现。比如说一九九一年我看到了那么一大片向日葵的海洋。汽车行驶了近两个小时还没开出那片向日葵!那真令人感动了,那简直是人类对地球许下的一个伟大的诺言。翻译家张守仁先生据此写下

了一篇《向日葵》,其中有这么一段:

> 百里向日葵金色的花盘向着东方,阳光迎面扑来,那么辉煌,那么热烈,那么齐整。一大片一大片金黄的向日葵由近及远、高高低低渐次展开,一直延伸到地平线的尽头,并沿着不高的丘陵向上、向上,溶入碧蓝的天空,把大地连成一个和谐的整体。

那是一条道路引导我们进入的奇境,我写了一篇散文,题名为《奔跑的向日葵》,我的感动在于在那一刹想到了孤独:

> 我想,向日葵如果会行走会奔跑,那么,那些孤孤单单站立在庭院角落的向日葵们一定会朝这片向日葵奔跑过来,去加入那气势非凡的向日葵海洋……

黄色永远是我非常喜欢的颜色,我常喜欢黄色的鲜花。

我喜欢在案头插一束黄色的雏菊,它使我觉得安定温暖。雏菊在我们那里叫"金盏盏",温馨而俗气的名字。

俗到恰到好处有时就会变为优雅。

除了黄色的向日葵,令我深深感动而多少又觉得有些伤感的是开花幽蓝的胡麻。北方有首民歌里有这样一句:

胡麻麻开花顶顶蓝
瞭妹妹瞭得我两眼眼酸

胡麻的那种蓝真是难以言喻,不亮丽,也不晦暗,一大片一大片由远而近地波动着,乡野是那么静寂,远山一片起伏。天上云朵,地上的胡麻花,叫蚂蚱的鸣叫远远近近提示着寂寞。我常常站在海样的胡麻地边觉得自己莫名其妙地激动和压抑,怎么也说不清。看到胡麻花我总想到男低音压抑的合唱,这是胡麻花给予我的感受。

大片的金黄的向日葵则让人轻松愉快。

一九八九年,我在江苏东辛那个地方的一堆腐朽的烂草堆上看到过那么美丽的一朵鸢尾花。蓝蓝的,花瓣像蝴蝶一样张着,像要飞起来。我一时间弄不清是它特意开给我看,还是我从几千里之遥的山西来此就是为了与它相会?

一年四季,我喜欢春夏秋三季漫游四方。冬天是许多动物穴居冬眠的时候,我也遵循古谣语的"秋收冬藏"的精神,在冬季很少远足。冬季是我思维最活跃不安的时期,我常常在我的四层楼上的屋子里遥望覆雪的东山,总是不由自主地想到印度的古诗《蜡玛延那·玛哈帕拉达》:

> 一见那耸立的山巅
> 不禁就有出世之念
> 人间的荣华情欲不再烦扰纯洁的心房
> 雪山上新鲜寒冷的空气真是令人觉得十分愉快清朗!

我漫游四方,是想要把离我最远的东西与我的心紧紧联合在一起,看那些距我遥远的人们怎么生活。黄河两岸的村庄是我愿去看的地方。一九八八年,我又一次沿着黄河走了近一个月,那是六月,春节时贴在村落门墙上的对联已经失掉了颜色,但有一张斗方上的字让我突然明白了什么是朴质:

> 万物土中生
> 人勤地献宝

在黄河边的那个古老的小镇子上,我挤在人群里看戏的时候,连一句唱词都没听懂却为之感动了。河流、树木、土窑和湛蓝的天空,林立的庄稼和一张张的人脸还有台上古装的美人,我记忆中那里的小庙充满了浪漫色彩,小庙里供的尊神竟然是《西游记》中的主人公孙悟空先生。我还喜欢那里新鲜的黄瓜和西红柿,虽然一律落上了薄薄的黄土尘。

在顺着黄河往南走的日子里,我在黄河西岸的坡上和几只山羊同时争着吃过树上紫黑色多汁的桑葚,把嘴唇都染黑了。山羊站起来,两只前蹄搭在苍老的桑树上。羊像人一样站立,我是那次才看到的。我就想,如果大地上没了草,所有的东西都长在树上,那么,羊一定会像人一样行走或舞蹈。

我在山坡上背着简易的行囊,里边是一本袖珍地图册,两件砖灰色衬衣,几条短裤。我在中国最伟大的河流之一的黄河边行走,我在河曲那个地方第一次赤身裸体跳下黄河时,心里真是虔诚极了。河水从我身上脉脉流过,我觉得自己又被生育了一次。

大地上的河流众多,但能让人觉得神圣的却只有那么几条。翻翻地图,东北的河流有着那么美丽的名字:松花江、鸭绿江、牡丹江、黑龙江。我多么想写一本河流与山川的书。当众多的人赞美壶口瀑布时,我觉得悲哀。我心中的黄河永远是禹门口处的浩浩荡荡,每一个巨大的漩涡,每一个壮观的涌流,都是那么慢慢而从容地流转。

  黄河上的船夫的沉静是惊人的。黄河上行船有时船尾在前、船头在后,有时船则横过来飘荡。无论船怎么行驶或在浪上颠簸,船上的那只小铁皮炉上熬着的小米稀粥都安详地滚沸着。这真是一种奇迹。在这个世界上,我不知道的事情太多了,又是河流,又是木船,又是火,又是人体不停地扭动。那太阳晒过的结实的肉体赤裸着,每一划动船桨,身上的肌肉便做最美丽的伸张、收缩。从完美的指尖到结实的小臂到浑圆的肩膀到坚毅的胸肌,然后再传到柔软而有力的腹部背部,然后是美丽的大腿有力地屈起,然后又随着身子朝后仰而朝前蹬直,脚趾的用力蹬开与收缩在那一刹也显出一种力的美好。因为运动,那肌肉皮肤随着紧张而绷硬,闪出动人的光泽。如果世界上有美的话,首先应该是青春而壮健的躯体!

  我就那样只身坐船从螅蜊镇到了碛口,沿着我五年前的故道。那时我们是五个人,现在我只身一人。没有人在一起说话,思想便多了起来。我随身带着惠特曼的

《草叶集》,还有从螟蜊镇麦场上拿来的一束麦芒整齐的麦子。

那次顺河旅游,我明白了人是世界上一切一切的中心。麦子、胡麻、窑房、树林、木船、桑树、羊儿、石磨之间都毫无关联,穿结这一切的是人。没有那划船的船夫,河上便没了那万种风情;没有人,地球将"万古洪荒"!有了人,我们的四周变得美丽起来也百倍地丑恶起来。我在螟蜊镇的靠河的一间小客楼里的暗淡的灯光下听着千古不息的黄河流水声,心里十分清晰地想透了这一点。

在黄河西岸,我特别留意不错过每一座小庙,哪怕比立柜还小的小庙龛我也要探头进去看看。许多的庙都坍塌陈旧了,但壁画上的竹叶、莲花、云气还婉转着几百年历史的柔曼,向人诉说着和平的宗教情绪。我看了一幅又一幅残破的壁画,突然醒悟了——不但是文学,包括整个艺术门类,古典主义所追寻的不是现实而是理想。

我们今天追寻什么?

当你站在壁立千仞的晋陕峡谷上看一脉黄河汤汤流淌,然后你再面对一块石头看两队蚁群纷争,你不妨据此考察一下自己的心理感受。

我从一个小庙走到另一个小庙,我想知道的一个问题是,我们为什么不去研究一下宗教为什么会像磁铁一样在尘世中吸附了那么多生命的铁砂?我们的文学应该汲取什么从而使自己的作品成为全人类的宝藏?

我永远忘不了我端坐在韩城北边的一个村落的一株孤独的大树下,时间是六月二十八日。我遥望远处起伏的群山,山上有一片片的淡绿和一片片的深绿,还有一片片裸呈的石头的颜色。群山上是层层的云彩,云层是越远越暗越黑,越离我近的越白,像巨大涌动的棉花山,我的耳际是从我背后徐徐而来的风。我就那么端坐着,泪水无端洒落不止。我周围没有一个人,再远处也没有一个人。没人知道我端坐树下苦思冥想,我也无法知道那重重叠叠的群山上的人们在做什么和想什么。在我端坐的同时世界上在发生着什么?我一刹那忽然很想拉拉陌生人的手,忽然想亲吻一个陌生人,不管他是男的还是女的。

那天我离开了那株老树,我把一枚五分硬币深深地投入了老树的令人悲伤的三指宽的深深缝隙里作为永久的纪念。我不知多少年后人们才会发现那枚硬币,也许它将在树的缝隙中腐朽掉。那天,我走到很晚才找到了一户人家。那是间朝着北方的小房子,我想冬天来临

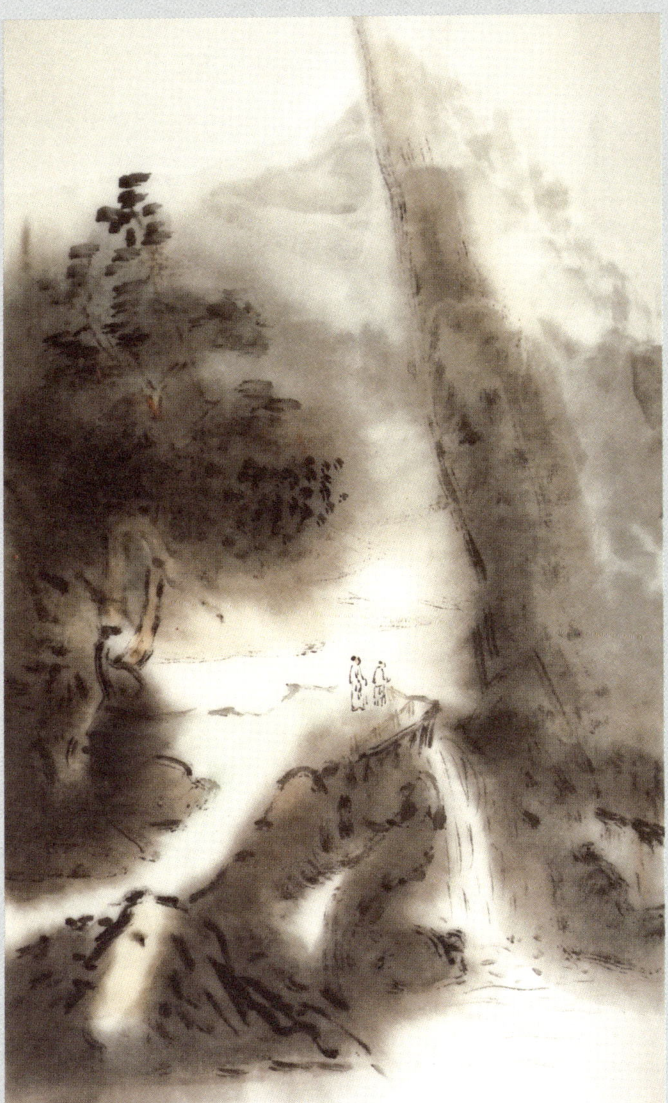

的时候,这间小房怎么能受得了呼啸的北风?我推开那间小屋的门,屋主只有一个老人。那条炕也真小。我喝了水。老人问我吃了没,我说没吃。老人说也没什么吃的,说你吃不吃豆角,我说吃。老人就拿着瓢出去了,很快摘回了一瓢豆角。那一夜,我吃了有生以来最美的豆角,那么嫩,那么鲜美,白水煮熟加一点盐,放在那么大的一只笨碗里。我一根一根吃着豆角,忽然听到了外边的脚步声。我说有人来了,老人笑笑说是下雨了。我怎么听也是人的由远而近的脚步声,但我走出去却发现,真是在下雨!天亮后,我才发现我已经实实在在走进了一个村庄,这个村庄只有六户人家,这个村子叫"六铺头"。这是一个忘记了钥匙与岁月的小村。我一下子想起了山西最北端的另一个小得不能再小的村子十三边。

我走遍了那六户人家的窑屋,我对每一个屋檐下的人说话的时候,他们都默然不语,纯朴地笑着,好像听懂了,好像永远也没听懂。这个村子有八位上了五十岁的老人,有七个九岁的孩子,十八头牛,二十三条狗,两头驴,还有猪、鸡、猫,当然还有更多的谷子、粟子、玉米和其他植物。有一个很肥胖的老女人,穿着像背心一样用红布做的衣服,两只硕大的奶子呈露着,她是村里岁数最大的长者。她坐在她自己的屋子外的一块古旧的碾石上跟我说话,笑着听我说话,好像听懂了,好像永远没有听懂,茫然的目光令我茫然。但她突然抬起手捂着脸哭起来,倾诉她的儿子已经四十一岁尚未婚娶的事实。我看到老女人耳上戴的一只古式石榴形翡翠耳坠。谁能想象她当年的青春与美丽?

我远离了那个村子又回过头去看它,它畏缩在那个大山的缝隙里。他们和她们为什么不从那贫瘠的地方走下来?为什么?是什么把他们紧紧黏附在那里苦度岁月?

人非树,为什么他们不奔走?

他们对世事不闻不问,吃新鲜的粮食,饮不遭污染的水,摘鲜嫩的豆角为食,讲古老的故事,与想象中的神祇们用香火对话。我们又比他们优越在哪里?百般经营,用尽机巧而获得幸福,与自然质朴,艰苦度日有什么区别?

唱着歌了此一生与哭泣了此一生又有何区别?在生命的尽头人与人有什么不同?有子女与无子女有什么不同?有性爱与无性爱有什么不同?知道天下大事与不知道天下大事有什么不同?相信神祇与不相信神祇有什么不同?

每个人的生命无疑都是一段历程,但其中的区别是伟大的人对世界施加影响,普通的人与草木同腐。

我背着猪皮行囊漫游四方,一路上我像检点财产一样检点自己的种种想法,我在漫游中发现了我性格中残酷的地方。比如说,我喜欢陵墓——荒凉的所在。

茂陵,在猎猎的谷黍地的尽头隆起它孤寂的山包样的奇迹,一下子令我感动了。为什么感动,永远说不清。始皇陵倒不令我感动。因为不荒凉,上边长满了石榴树,结满了碗大的石榴。我在那上边买过一只小碗大的石榴,一只就重达一斤二两!我一粒一粒剥食它珠光宝气的籽粒,慢慢走下始皇陵,回头一顾,始皇陵太像是集市。我喜欢的荒凉与沉静又在哪里?乾陵也太热闹了一些,树木也太葱郁了一些,高大的岩石雕像下坐满了兜售布老虎五毒坎肩的女人,而茂陵却没这些。茂陵很荒凉,站在茂陵上可以看见四周小山般隆起的一座又一座墓。李夫人墓就在其侧。我为什么喜欢那一份儿荒凉?比如圆明园,那残破的石柱子高高地升向空中,那雕花的石头诉说过去的繁华,那衰草、那残石、那夕阳……一切都令我感动。当我看到用七彩灯照亮的圆明园残石的照片时,我深深为那些艺术领域庸俗之辈感到悲哀。我的故乡晋北大同的北面的方山上有北魏孝文帝的陵墓,其气势比茂陵还大,是把十几座山头削平,削去的部分石头分做五堆堆在了南边的山麓上,远远望去,那就是五个山头!五堆巨石让人想到当年花去的人工。那陵墓上圆下方高高隆起,离四十里远就可以望到!却是那么荒凉,那么没有人烟。

繁华加透彻到底的荒凉等于什么?谁来回答?

　　古墓犁为田
　　古柏摧为薪

这是谁的诗句?

　　昼短苦夜长
　　何不秉烛游

这又是谁的诗句?

陕西的那份儿苍苍茫茫的历史真让人领略不尽。历史深处透来的悲凉与惆怅是否能使人成熟或变得豁达?

我在圆明园大水法的残石上坐着,看到了一条美丽的小蛇倏然没入石缝里,然后我开始剥食从路上买来的莲蓬。我想的一个问题是圆明园到底留给人们什么?

古巴比伦更加辉煌的城池的倾颓、雅典娜神庙更辉煌的残破都说明了什么？

一九九〇年我携妻女去了北戴河，那不再是一次寂寞的行动，但它无疑是我漫游四方的一部分。我奇怪大海并不使我幡然心动。

海给我更多的是恐惧与未知。当我站在海岸上，看黑沉沉的大海里巨大的波浪像移动的山一样从海的深处慢慢移来，凸起凹下，最终激溅起最有气势的浪，我为什么不会感到彻骨的激动？我终于明白了，令我激动的永远是各种泥土和岩石。我喜欢探讨瓦砾和陶片，远山、土窑、石磨和一眼又一眼永远汲不尽的井。

令我感动的永远是与人有关的事物。我喜欢在街市上看陌生的脸，男人的、女人的、年轻的、老年的。我喜欢夏天是因为夏天人们能更裸露自己，更少遮拦。我喜欢结实的胳膊的挥动、有力的五指的伸张、粗壮的大腿的跃起。我喜欢漂亮的面孔。年轻漂亮的面孔永远无疑是最美的图画，无论是姑娘的还是小伙子的。

我的面前永远站立的将是人，我知道我漫游的结果都将归结到人。海里千奇百怪的鱼群不会令我惊叹。我知道珍珠是大海灿烂的产品之一，我想即使有鸵鸟蛋大的珍珠摆在我的面前我也不会激动。那大海里无数的珍珠与那六户人家孰轻孰重？

我想世界上最大的奇迹应该是人自身。眼睛、耳朵、鼻子、头发、眉毛，眼睛的眨动、心脏的搏动、男性的侵略性的身体、女性的孕育万物的身体，这都是多么奇妙的设计。人身上有多少奇迹啊，指甲、指纹。人类自诩发现了这样的奇迹、那样的奇迹，但人类是否清晰地认识到自己的身体乃是最大的奇迹？唾液、汗液、眼泪、乳液都是这奇迹的派生。有限的大脑装载了无限的世界，这不是奇迹吗？人应该深深地热爱自己，人比任何精密仪器都精密，比任何娇贵的东西都娇贵。人应该热爱自己。

那次我与妻子和女儿从北戴河回来又去了承德，在承德的避暑山庄的蒙古包里住了四天。那里的住宿费贵得怕人，一夜一张床榻要一百五十元！外边的世界酷热难当，蒙古包里却清凉得有些过火，结果我感冒了。我带着女儿夜里拨开露水濡湿的草丛去捉蛐蛐，在金山寺的小桥上看了婀娜的荷花，在沧浪屿又看了与我分别五年后的睡莲，那一大丛睡莲的叶子长得十分旺，每一片莲叶都十分漂亮。后来我想带女儿去观莲所看荷花却终难如愿。观莲所的荷花是避暑山庄最美的荷花，荷花长得比人还高，从承德回来，我和女儿与妻子又去了梅兰芳故居、郭沫若故居、鲁迅故居、宋庆龄故居、茅盾故居,令我深深感动的是鲁迅先生的"老虎尾巴"。我这次去的时候发现,上次还在的枣树不见了,向馆员一打听,才知道是因为扩建工程给砍了,只剩下一株鲁迅先生手植的黄刺梅。那年我去老虎尾巴,还看见后院长着三株枝杈遒劲的枣树,我去枣树西边的厕所,发现有枣树的幼苗在厕所的地上钻了出来。为什么把枣树砍了呢?我觉得遗憾,深深的遗憾。

梅兰芳先生的故居格局是三进,种着苹果树和柿子树,这叫作"事事平安"。郭沫若故居有着两大株海棠和两大丛比人都高的牡丹,牡丹南边是玉簪花,这叫作"玉堂富贵"。茅盾的院子普通极了。前院种着葡萄,守院的老人好像是从乡下来的,拿钥匙开门让我进去。我看了茅盾先生的工作间与卧室,还看了茅盾先生逝世之前所读的书。记得有一本线装翻开的《两当轩集》。我注意到了茅盾先生的那张铁栏床,床头上系着不少粗粗细细的绳子。那些绳子好像应该随手丢掉,先生却理了理系在了那里。我想先生是为了不浪费和方便,比如捆书,随手抽一根用就是了。那些长长短短、粗粗细细的绳头儿,要在别人早就扔掉了,先生却把它们系在床栏上。郭沫若的故居处处充满了堂皇的气势,大写字台上的各种小摆设让人觉得富有情趣而浪漫。有鸡蛋样大的透明的彩石球，还有一个好像应该是非洲的陶偶，是个女的，有很高的乳，叉着腿朝天躺着，手也伸着。我想那可能是非洲性崇拜的陶偶。这只是猜想。书桌很大，堆满了书籍，但这张书桌远没有他与夫人于力群写字的那张书案大。那张书案比乒乓球案还大！那间屋里的门墙高处悬着毛泽东手书的《西江月·井冈山》。

梅兰芳先生的故居悬挂的三幅画真是非同小可。一幅是徐悲鸿先生为梅先生画的《天女散花图》，一幅是张大千画的《赏竹图》，一幅是白石老人的花卉。三幅画提示了当年这些艺术大师的交往与相互砥砺。茅盾先生的客厅里挂着的是一幅油画，很大的尺幅，上边画着跳舞的人，很有印象派的味道，不知出于何人之手。鲁迅先生的老虎尾巴却挂着大小如课本的一幅木刻。

让我感到亲切的还是鲁迅先生的故居。我经赵女士的许可，轻轻走进了老虎尾巴。摸摸先生的桌子，摸摸先生的盆架。在先生的用木条凳支起的木板床上坐了坐。床很硬，用力下去，床板就颤起来。

宋庆龄的故居对我没有多大的吸引力，我只记住了那屋子里历久不散的香气。我想可能是很高级的香水，年月久远,那香味已经完全渗透到家具里去了。我去的时候,宋庆龄先生已去世七年,七年的时光那香气还郁郁未散!令我忘不掉的还有那瓶酒。宋庆龄先生上大学时,她的母亲送她的一瓶酒,她一直没舍得喝,就那么珍存着,原封不动地珍存着,珍存了当年的芬芳与琥珀般的色泽。

我坐在鲁迅先生老虎尾巴的床板上时,我不由得想,北京的冬季那么冷,先生在偌大的北窗之下怎么能不冷呢?

我一直想以自己参观各种故居得来的印象写一篇大一点的散文,题目已经想好了,就叫《老宅》,但一直没有动笔去写。我总在想我该在这篇散文里写些什么?这么一想,写作的欲望就没了。写作太像是恋爱。恋爱是盲目的,火炽的,甚少考虑的,几乎完全是生命与生理的冲动。写作也如此。

我去延安,看了绿色屏风般的凤凰山,然后去了毛泽东的故居。我留意到,毛泽东的故居一进门有几个台阶,要走上去。而相距非远的朱德的故居的门口也有那么几个台阶,却要走下去。这之间有何区别?地形差不多,但为什么一上一下呢?

我常常爱想这些奇里古怪的问题,所以我的文章有琐屑的倾向,不能从大的方面给人以力量。别人在扭转乾坤,我则只能运石移土。比如说,我在黄河边上见到了当年给毛主席过黄河摆过船的水手之一。他说在毛主席过黄河之前已经连着过了三天的人。时值春天,船达不到岸,任何人都只得蹚一段水上岸。而那天奇迹出现了,也没下雨,那天的船却突然靠到了岸上!这很令那些船夫吃惊,因为这是极少有的事情。过了好久,他们才知道那天坐船的是毛泽东。这故事有一种神秘感。我喜欢听这些故事的兴趣至今不衰。我为什么从没去想过毛泽东在延安都写了哪些文章?为什么却愿去知道他的这些琐屑的传闻?这包括他故居里的那把大铁皮壶。我隔窗看着壶就想象毛泽东怎样把壶朝前倾斜慢慢往缸子里注水。

我明白我更关心更感兴趣的是人。我在鲁迅先生故居里想得更多的是鲁迅先生怎样在院子里种带刺的植物,怎样待客,怎样在雨天打着布伞去开门接收当天的信件,怎样抽烟,怎样呷茶,下雪的日子里鲁迅先生怎样在窗缝上糊纸条。

对人本身的感兴趣在我来说根深蒂固。比如说我在著名的云冈石窟六窟佛本生浮雕前伫立,所想到的是释迦牟尼怎么出生,是剖腹产?手术为什么会开在肋下？现在的剖腹产是在什么部位开口？释迦牟尼的母亲无疑是剖腹产生下了释迦牟尼。一个星期后,他的母亲摩郁夫人离开人世,是否是手术后伤口感染得了败血症？

我所想与别人有什么不同？这不同造就了什么？是否由于这一点,我的东西才没有哲学的高度？我为什么那么喜欢接近人,我放弃了家里的浴盆而去公共浴池,为什么？我真是喜欢看那健康的躯体在水花里辗转擦拭,伸臂弯腰,其中是否有更深的意味？我明白我永远不会遗世而独立。

鹰、老虎、狮子、猞猁、豹子,在林莽里过着几乎是独立的生活,但我更愿自己是一群鸟中的一只。聂鲁达的一首诗里这样写道:

一条影子的河流在奔腾
一颗彗星
由无数小心脏组成

每当我看到成群数不清的小鸟在空中或高或低或旋转或升起地翻飞,我就想到这几句诗。我宁愿自己是那无数小心脏中的一颗!

我漫游四方是为了什么？我喜欢漫游四方。

为了看更多陌生的脸？接触更多陌生的手？愿和陌生的人在邂逅的小客店里说些陌生的话题？

我四处漫游，看形形色色的人，始终不明白是该自自然然做个普通人，还是应该不自自然然做个精神上苦修的人。自然中人与理想的人格总是充满了水火样的冲突，要自然就不能成为圣徒，想成为圣徒就不能自然地活着。那么，我想庄子说得有理：

泽雉十步一啄，百步一饮，不蕲畜乎樊中，神虽王，不善也。

这句话让我明白了许多。一句话能给予人那么多，真是令人惊奇！庄子真是伟大的哲人。

人的生活方式再过一千年也可能是日出而作，日入而息，白天万般奔走，到晚上单调如一地总要躺在床上。人在青年时期万般奔走漫游，到了老年总会静静地待在那里。人从自然中走来，又走向精神世界，从精神世界又走向何处？

到了晚年，当我两足蹙蹙，那时我将急于离开的是什么？什么陌生的地方还能使我感动？到那时是否会发现无限广阔的乃是精神世界？到那时是否会发出无可奈何的浩叹：

精神是个好地方！

不！世界上不可能有什么东西比漫游四方更令人怦然心动！没有什么比漫游四方更美好！

食 小 札

能将吃写得十分动人的作家要数梁实秋与汪曾祺。不算薄的一本《雅舍谈吃》真可与《随园食单》比。梁实秋出身大家庭,到他父亲这一辈,家中的仆人据说还有三十多名。这样的家庭,我想是可能支得起炖燕窝的小炉的。我看了《雅舍谈吃》其中关于面的一则,明白梁先生在吃面方面是内行。尤其是其中谈到的炸酱面的菜码儿,芹菜择洗净了切成碎末,水开了一焯即可,这种菜码儿,拌炸酱面吃美极了,我常常奇怪,芹菜为什么切沫儿和切段味道硬是不一样。

前不久买了一本小开本的《学人谈吃》,其中汪曾祺先生的文字漂亮极了。谈菌子、谈云南的干巴菌如何如何好吃,令人向往之。文章的名字《菌小谱》也极雅,其中有段文字我是硬写不出来的:

菌子里味道最深刻。样子最难看,是干巴菌。这东西像一个被踩破的马蜂窝,颜色近乎牛粪,乱七八糟,当中还夹杂了许多松毛、草茎。择起来很费事,择出来也没有大片,只螃蟹小腿肉粗细的丝丝,洗净后,与肥瘦相间的猪肉、青辣椒同炒,入口细嚼,半天说不出来话来!

看了这段文字,让人想马上就去云南,去见识一下这"滋味深刻"的干巴菌。因吃而想去某一地在我是常有的事。比如那次在李锐家,蒋韵给弄的酒菜,其中有"火边子牛肉"一味,令我至今难忘。很薄,彤红,比薄饼还薄,一张一张的,又像果丹皮,好像要比"灯影牛肉"厚一些。蒋韵说切丝吧,我说切宽一点吧,结果可能还是切丝的好,"火边子牛肉"味道好极了!配以辣子,越嚼越美,滋味越嚼越出,真是好吃得打耳光都不肯放。后来读李锐的《厚土》,竟也常常想起那物件。这很怪,让我常常觉得自己是德国牧羊犬,有着顽强的"嗅觉记忆"。

宋代苏东坡是一大吃家,曾写过许多诗以记其吃,其中有两句往往被人忽略掉:

蒌蒿满地芦芽短

正是河豚欲上时

诗中所记二物都是好吃的东西,是两种南方的美味。

查上海古籍出版社的《绝句三百首》,对这首诗的注释真不能令人满意,解释得太呆头呆脑了:

蒌蒿——一种生在洼地的野草。

近年来的注释文字大多干巴如此,这真令人怀想周作人先生为其译著做的活泼有趣的注释。我这个人喜欢随手记下一些什么,尤其是在属于我自己的书上,只要在手边,又有想记的,就记了。说得好听一点叫"书衣文"。比如我在周作人的《泽泻集》的扉页上就记了这么一则,当时在南京,住上乘庵。这一条书衣文与蒌蒿有关系:

至南京第二日,苏童自外归,手提网袋,袋中紫紫绿绿,苏童谓之曰:蒌蒿。遂择洗,遂切肉丝,遂下锅烹炒,清香无比,风味殊绝有野气,食之余,兴

賓虹氣有未攝手加余
借在其上
湘珊志

犹未尽！第三日，又买一大网袋蒌蒿归，王干与唐炳良来，炒蒌蒿杂以肉腊诸味，饮双沟白各五六杯，是为八九年南京行一快事矣。

蒌蒿的样子很不好说，因为是吃茎，卖的时候已经把叶子打了，一捆一捆扎好了卖，眼睛近视的会以为是在卖韭菜，但蒌蒿的茎是圆的，上端绿而下端渐紫。把老皮剥剥，切成小段，下锅一炒，那味道的独特之处是"清"，除了清还是清。苏童做菜很有味，做排骨，做茭白炒蛋，还做——鸭肫，都很有味。这与他生在苏州长在苏州分不开。苏州的河水很脏，黑乎乎的，但小街却很热闹。那天早上我起得早，一个人过桥，在街上的小菜市场看到了淡墨色乱弹的鲜虾，看到刚刚剪下的蘑菇和各种鲜活的鱼，还有螺蛳和文蛤。往回走的时候我看到了苏童的母亲，挎着小竹篮去买菜，我想苏童的母亲就是天天这样去买极鲜的菜，培养了苏童饮食上的高品味。

苏童在他的电磁炉上炒菜的时候，我突然建议吃条蛇！因为我在上乘庵北边的菜市场里看到了卖蛇，一大蛇皮袋的蛇在蠕动，卖蛇的人宰蛇用一把腥锈的剪子，把蛇头"咔嚓"剪下去，然后再用剪子把蛇肚子割开，小小心心取出蛇胆放在一只广口大瓶子里,蛇皮剥好,那粉嫩嫩的蛇肉还在蠕动,在蛇肉上间隔着斩几刀,那蛇肉才能老老实实被盘成粉嫩的一盘。我站在那里看斩蛇卖蛇,后来写了中篇小说《城庄》,这部小说里有许多蛇滑来滑去。

就是那天我突然怕蛇的。

苏童也很怕蛇,我提议吃蛇,他就摇头,后来却吃了刀鱼。刀鱼很美,烂银一样白!腮是粉红色,那种红真是娇气。刀鱼的样子就像一把很俏式的刀,一串七八条,串在一起卖。当时已见不到大个儿的刀鱼,刀鱼虽小却肥腴,吃刀鱼的时候我想起了河豚,以河豚皮做灯,不知怎么会鼓鼓的。鱼皮上的刺一根一根立着,怒发冲冠的样子。

我吃蒌蒿的时候怎么忘了河豚呢:不知道现在春之四月,扬州、南京一带还有没有河豚可买。日本作家若山牧水写过一篇散文叫《河豚》,说他怎么吃河豚,其中写道:

> 它身上长着宛如虎皮般的漂亮斑纹,好像还活着似的闪烁着光亮。我捞起一片浸泡在水中的净肉,看上去与其说是鱼肉,不如说更近乎鸡肉,它既

有弹力又有光泽。

日本文字缺少俄罗斯文字的那种广阔与博大,也没产生过像《静静的顿河》《战争与和平》那样的作品,但日本文字具有一种独特的美,尤其是散文。夏目漱石、川端康成是很了不起的散文大家。夏目漱石的《文鸟》《十夜梦》写得可以让人一读再读。田山花袋的《棉被》和太宰治的《斜阳》虽是小说,却不妨当作散文去读,真美!

日本的散文为什么美?可能与日本的地理自然、人情风俗有关。激进的、革命的感情可能更适合于诗,闲适的、宁静的情绪更适合于散文。

在饮食方面,我们似乎略逊日本一筹。日本的饭菜是真正从饮食出发,再"美"也不离饮食。我喜欢日本的饭菜拼凑,像是专门做米给眼睛看的,如饭团子,白白的糯米饭,卷在紫菜里,腌渍的小菜、粉色的拳萝卜、黄色的稻糠腌的长萝卜、绿色的黄瓜和近乎黑的腌蕨菜秆儿,搭配在一起就是一幅色彩悦目的画儿。中国的菜肴却跑出了圈儿,在盘中大肆雕刻熊猫、凤凰、小鸡、小兔。饮食毕竟不是雕塑。我真是很怕在宴席上看到一只用大萝卜雕刻再经染色得很灿烂的凤凰,或是一只抱着竹子的熊猫,很快被筷子戳得七零八落,味道又不见得好,真是没多大意思。

那次我到峨眉山洗象池,在饭店里坐下来,下着雨,店外是一大片芋田,芋叶很大,呈三角形。朋友点了一条活鱼,即至端上来,鱼身子被滚烫的浇汁淹没,鱼头却活着,鱼嘴大喘大喘地开合,看了让人浑身难过,觉得深深地对不起那条备受酷刑的鱼儿。

最可恶的是人类。

印度贵族有一道十分罪恶的菜是"烩孔雀舌",一盘菜要宰杀多少只美丽的孔雀,这都是难以让人想象的。有人竟把它看作是特有的享受,这么一想,对后来听到某地有狼吃人,有虎伤人,有大蛇把人绞杀,都觉得十分平常,倒觉得豺狼虎豹便宜了人类,不把人下汤锅,上炙架,细割、碎切,做种种处理。

金圣叹批《西厢记》中有诸多快事,其中有一条是闻酒肉和尚饿死,不宜快哉!由此想到手持活鱼下油锅的厨师,心便战栗。

中国饮食文化有极其虚伪自欺的一面,比如南京的鸡鸣寺,在我的饮食记忆中,那里的素面真好吃。双冬面,端上来,面上是黑黑的冬菇和薄片微黄的冬笋,味道硬是很厚很香,一边吃一边从楼窗看远处九华山的塔和玄武湖的水。鸡鸣寺的素菜很有名,但都起了不少荤菜的名字,如烧鹅、烧鸭、熘肝尖、木须肉之类。为什么纯素菜非要用荤菜的名儿呢?令人很惋惜。或者是一种戏谑,让人想起泰国的人妖,男乎?非男。女乎?非女。

鸡鸣寺是我最喜欢去的地方之一,每去南京必要去坐坐,要一杯绿茶,坐在楼窗边慢慢啜饮。下雨也好,晴天也好,似乎总能吃到新鲜的菌子。菌子里我偏爱香菇,香菇要用重油浸,口蘑也好,更滑嫩,但收拾口蘑实在是自找麻烦。洗完口蘑,手真是滑溜得可以,我常想,用洗完口蘑的水是否可以洗头发,菌子除了人工培植的,野生的很难不长虫子,极小的虫子,白白的。木耳里也常常长满小虫子,极不易发现。

毛泽东在湖南他的老家滴水洞吃一种名叫"寒菌"的蘑菇,吃着吃着,就吃出小虫子来,厨子给吓一跳,但毛泽东只笑笑,照吃,继续把那菌子吃掉。这事不知怎么就很让人有些感动。毛泽东的膳食习惯近乎平民,喜欢吃红烧肉,肥、烫、辣、香、软的一大碗,美其名曰"补脑子"!吃是人生很重要的一件事,每个人都有权喜欢他自己爱吃的东西,只要条件允许。

吃饱、吃好而且还要吃出滋味。

从果腹充饥到食文化。

但首先要有得吃。

一九八七年我在西安,承贾平凹兄赠诗集一本,其中有首诗我觉得很有意思,诗真是短得不能再短,仅比日本俳句长一点,或者可以说它不是诗:

> 在中国
> 每一个人遇着
> 都在问:
> "吃了?"

这也许是一种自嘲,但十分写实,触及了中国最大的问题。我们许多人见了面依然在问"吃了没"。这是一个很实在的问题,如果不问"吃了没",问什么?问"你好",这意味着"不好";"早安",这意味着"不安"?中国乃礼仪之邦,所以怎么说也不会合适,这真让人觉得倪高士说得好:

> 一语便俗。

人类的品性从来都是处在下层的要往上层去,剪完发又向往辫子。在饮食方面忽然发展要抛却精美食器而去敲剥叫花子鸡,叫花子必定不愿去吃"叫花子鸡",如果有"贵妇鸡"在侧的话。

比如说我的朋友金宇澄,久居上海忽然想念火炕了,想象于寒冬卧睡火炕的乐趣。我认为这是一种城市病。

金宇澄的小说写得很漂亮,菜也做得很漂亮。他在我的小厨房里"嘭嘭啪啪"将一只仔鸡一剖为二!给我做了一道炒仔鸡块儿,纯粹地炒熟,汤汁在煸炒中越收越浓,最后红红的全部包裹在鸡块儿上。那鸡肉很妙,又脆又嫩。他做的汤也是又红又浓。与我大不同,我做汤要淡,要清。我喜欢冬瓜氽小羊肉丸子汤,汤要一清见底,丸子要小,或是青豆虾仁汤,白水入青豆虾仁,然后入微盐,如有柠檬,挤几滴进去更好,绝不能放味精,汤上更不许有浮油,若有,用生宣纸拉去。墨斗鱼洗净撕去皮膜切细丝氽汤也十分鲜美,是我父亲的拿手好戏!

我的父亲精于美馔。

他给我讲过一个厨子的事。那个厨子做菜的规矩是一道菜要五块大洋,汤要七块按桌算,一桌七冷八热外加汤碗,收入不低,但这厨子依然请不到。后来这厨子把自己的手给剁了下去,原因是有一次做汤出了问题,汆入汤的鸭掌没有浮起来。

一九八四年我去四川青城山,从试剑峰那边下得山来。山脚下麦田一派金黄。我到麦田西边的木屋里去讨水喝。那木屋很有诗意,用竹管把水引入厨房,厨房阔大得令我吃惊,那灶是半月形的,在厨房中间,像个小型舞台。灶上有灶眼五个,灶的上方悬吊着许多腊肉。生长于晋北的我,见过的灶大都小得可怜,往往只有前后两个灶眼,又大多与炕相连,做饭的时候是前灶蒸主食后灶炖菜顺便把炕也给烧热了。在整个山西,没这么大的灶,河北河南好像也没有,东北也没有,东北是锅大,人可以坐在里边洗澡。

我在陕西住过两夜,同行的秦岭、程家政、黄静泉、何晋生,在这间鬼屋里住了一夜。那间屋的正面墙上贴着一张奇大无比用朱砂画的黄纸符,夜里能听到外边黄河的流淌,让人几乎整夜难以入眠。恰好镇上又死了人,哀哀的哭声和缓缓的鼓乐不绝于耳。死人住在坡之上,第二天要入土,入夜便点了气概非凡的"引魂灯",一盏一盏的灯闪闪烁烁从坡上一直逶迤而下。

第二天,我为看出殡起得很早,那天早上的大雾使磺镇蒙上了一层哀愁的色彩。我看到了一个小桌儿,桌儿只有一尺半见方,着红漆,上面画着鱼和石榴。小桌儿被孝子捧着,上边放着几样菜,菜都盛在拳大的青瓷碟里。那桌儿小得令我吃惊,后来我知道那一带的饭桌儿大体都那么大,那里的生活很艰苦,大饭桌简直派不上用场,达尔文的"用进废退"的进化理论竟在这里的桌子上得到体现。那是艰苦生活的缩影,让我不由得想到了"食前方丈"。

食前方丈而尚无下箸处。

饮食上的天壤之别、贫富悬殊说明了革命的必要,中国无数次的革命大都源于饮食之悬殊不公。人们因饥饿而揭竿起义,人们便有了"民以食为天"的古训,但这不仅限于历史,关于吃还有一句更为深沉的话:

饱汉不知饿汉饥!

也许这就是古代那个著名的昏君与大臣对话的最好注脚。古代某年大饥荒,不少人纷纷饿死,帝问大臣:为什么饿死?答曰:没有饭吃!既然没有饭吃,帝曰:何不食肉糜?

这对话引起的愤慨与讽笑何止于当时?那些濒将

饿死的人怎么能不揭竿而起？

一九九〇年,我乘车去学校途经一家新开张的饭店,饭店门口贴的那副对联可真令人触目惊心,我感到文化水准的低落,从而悲伤不已,对联如下:

学得易牙烹子术
聊表老板一片心

这可真是千古奇对,再也没有比这更奇的,我想饭店老板是否脑子出了毛病。

我不想在这里谈吃人的故事,这里的吃人与鲁迅先生笔下的吃人是两回事。全球现在还有哪些吃人的族类,吃人的国度？人类真应该有一本关于人吃人的专著,但这种书上架的时候该入烹饪类,还是该入历史类？这很令人作难。新时期以来,除拙作《非梦》写到吃人外,还有一篇涉及吃人的作品是贾平凹的《油月亮》,据说人油浮于水面呈半月状,为什么？不得而知。

我的一位画画儿的朋友马小远,曾经拍过近百幅饮食方面的照片,一九九〇年他在墨西哥死于心脏病,那些照片也下落不明。照片打动我心的是,每一幅都与吃有关,黄窝头、稀粥、大葱,这是一幅,五只粽子,其中有一只剥开,旁边有一小青瓷碗桂花糖稀,这又是一幅。近百幅照片全是他在各地写生时拍的。其中有一张照片上的一种物件我怎么也看不懂,像是出土的被踩扁的头盔,上边还有泡钉状东西。他告诉我那是榆林地区的一种饼,用蚕豆大的石子烧热烙的。

这近百幅照片我始终认为是十分有价值的,比如当年插过队又在知青食堂蒸过几年窝头的人,看了那幅"窝头图"能无动于衷?现在吃窝头的机会很少了。玉米面窝头切片,搁在炉子上烤得焦黄焦黄的真是好吃,令人怀念。

窝头无疑在中国饮食史上要占据很重要的一页,不少与我同龄的人都仇视窝头!但墨西哥人都以玉米为食,中国粮食部门是否也考虑一下,在制作玉米面时加入一些细洁的石灰,以使玉米面黏韧好吃。

从东来了一群鹅
扑通扑通下了河

这是我母亲在我小时候让我猜的谜语之一,后来给我带来了一个永久的困惑,为什么从东来呢?而饺子又并不能像鹅,而且我还吃过"红鹅",用红高粱面捏的大菜饺子,在晋北生活过的人没有没吃过高粱面的。我没赶上插队,但我对插队生活很熟悉,我的一些比我大的朋友大多都插过队。

一九七五年,我去红沙坝,住在那里,和马小远挤在一起住了一个星期,并看他们比赛吃。那次是比赛吃包子,很大个儿的包子,猪肉和洋白菜馅儿的。一个叫周紫碧的知青,把包子满满排了一扁担,数一数,一共二十三个,结果他很镇定地吃完了,赢了一盒我记不起是什么牌子的烟。他是那一带的吃包子冠军,后来就得了个动人的外号——包子!那时候还没有吉尼斯世界之最,如果有,能吃第一的纪录我想应该在中国!还有比赛吃瓜,坐下,在身边围一圈瓜,一颗一颗安详地剖开吃,吃到后来就不安详了,往起一站会"哇"的一口把肚子里的西瓜红红地喷泻出去,回头一看,结果还剩两颗,这吃家便输,难受不说,他要出两倍的瓜钱。

这几年很少有人再去比赛吃,因为吃对人们也没多大诱惑。不愁吃之余,人们便想法儿吃一些奇奇怪怪的东西,吃蝉,吃蝎子,吃蛇。一九九一年,朋友招我去"好望角"小酒店小饮,突然说要吃蛇。这家酒店里没有,老板便马上让人携了铁丝笼去另一家大餐馆去取。取来了,那个年轻厨师有几分怯,颤抖抖地把蛇从笼里取出来拿给我们看,却突然手一抖把那蛇给顷刻间滑掉,便马上把啤酒箱子挪开,没有,又把蔬菜小心翼翼地倒挪一气,也没有。想不到我们吃到一半的时候,某君举杯起来敬酒,却惊叫起来,那条蛇竟盘缠在我们头顶的吊灯之上。

晋北最好吃的面食其实要数豆面与荞麦面。荞麦开花实在动人,白粉粉的一大片。我画过荞麦,荞麦的茎秆有几分像海棠,红红的。我最近才知道不但山西、内蒙古、陕西有荞麦,而且安徽也必定有,因为吴琼唱的一支黄梅调里就唱到了荞麦:

结的是黑籽,
磨的是白粉,
做的是黑粑。

虽然安徽也有,但我想全中国起码有百分之七十的人没有吃过荞麦面,而且也不会见过。汪曾祺老先生想必是一定吃过荞麦。张北的坝上也出荞麦,当然更多的是莜麦,一般人都认为莜麦要比荞麦好。汪先生在《七里茶坊》里借"老刘"之嘴说:"肥羊肉炖口蘑,那叫香,四家子的莜面,比白面还白,坝上是个好地方。"后边又说,"咱们到韭菜山上掐两把韭菜,拿盐腌腌,明天蘸莜面吃吧。"

交城一带也吃莜麦,"只有那莜面栲栳栳,还有那山药蛋"。

这是交城的一支民歌,被郭兰英女士唱得家喻户晓,差点唱到《东方红》的品位上去。

"栲栳栳"其名甚古远,元杂剧里好像提到过。栲栳栳在大同一带叫"饸饹"。压饸饹的家伙可不真像铡草刀,所以二人台小戏《打樱桃》里才有:

想哥哥想得睡不好个觉,
压饸饹抱起个铡草刀!

如果把饸饹床搬到海南岛,我想会引起一番研究或考证也说不定。

一九六六年,有人到我家抄家,抄出一副吃螃蟹用的小工具,便被拿去研究了一番,最后还很严厉地问:"什么东西!"又搜出吃燕窝用的小紫砂焖子,结果被拿去做了肥皂盒,还说:"太他妈小!"那焖子实在也只能放半块儿肥皂,但放燕窝可不能算少了。

中国现在真应该编两本书,一本是《食器谱》,从大鼎到现在的烙玉米"黄儿"的铛子,该无一遗漏地收入。另一本是《中国食谱大全》,从满汉全席到莜面栲栳栳也应无一遗漏地收入,当然还要包括南方的炸臭豆腐。我的父亲写过类似家训的东西,食器一条写明了"盘碗不用花瓷(彩绘),用青瓷、白瓷、黑瓷"。

我想起父亲的一句话:

永远得不到满足永远幸福。

有一个十分有名的厨子说过:一桌菜要想让人们吃好,一定要精而少,想吃而已经盘光碟净才是好境界。这太像作家写文章了,写到精彩处,没了,让你痴想半天。

人们的生活中是需要种种的不满足。最难过的日子莫过于想吃什么有什么、想穿什么有什么,这后面往往是难耐的空虚。在饮食方面如果有永远的不满足也许是大好事,不满才会有得到后的喜悦,不满足往往与"穷"相连。穷则思变,要变到哪里去?变富。富足了的前边是什么?古话说过,是"富贵生淫逸",而"淫逸"之后又是什么?仿佛应该是"酒色财气出英雄"。

这个"出英雄"的"出"的注脚是什么?室利阿罗频

多说:"只是已进入者,方能外发,否则不会有什么出现。"

"酒色财气出英雄"这句话有一定道理,为什么男性容易成为作家而女性在文字方面有成就者寥寥可数,可能与此有关。对一切都入了,才会平淡下来,对一切明白之后才会有真正的沉静。《红楼梦》就是作者从繁华场中走出来之后的产物。繁华落尽,世味尝遍,然后著《红楼梦》!吃过那种种奇特美味之后才有了这样两句话:

百菜不如白菜

诸肉不如猪肉

这确实是于饮食之道大彻大悟后的高论。真正精于饮食的人,是不会轻易抛弃一米一叶的,往往会于极淡处品出至味。如米饭,我是三十岁以后才明白上好的大米白吃是那么美,又如小白菜,在开水中一焯即搭出来淋香油入醋盐是那么美。怀素曾为几枚苦笋写下了著名的《苦笋帖》,五代的杨凝式的《韭花帖》赞叹韭花之味美。我最喜欢的帖子是欧阳询书的《张翰思鲈帖》,因思家乡美味而弃官不做的人不知古往今来能有

怪石家聲玉山清珊瑚翠

几个。

有一首我喜欢的歌,其中有一句好像是"平平淡淡才是真"。

其实饮食也如此,我去华严寺与和尚共进一餐,就深深感觉到这一点。很平平淡淡的饭菜,却那么恭敬地去领受,去吃,真让人对自己大酒大肉吃五喝六流连宴席而感到惭愧。

这是否是始于繁华而后必平淡?

我曾在淡黄柔软的豆罗纸上抄录了一段这样的文字:

勿求名大利多,民食一升则已食一升,民衣五尺则已衣五尺,一粥一饭,当思来之不易!

我很喜欢这句话。

狂饮滥吃之后,我才明白真正合乎养生的饮食在于白米饭、馍面、绿青菜、椒豆。我才读懂了枚叔的《七发》中的这句:

珍视一米一豆,饮食才会有大滋味。

我现在才明白于贫苦之中施行俭节并不是什么了不起的美德,于富裕中律行俭节才是一种修炼。历来真正的大作家都源出于后者,如托尔斯泰,他写作不是为了摆脱或获得什么,比如穷困,比如地位。他不是为这些。无求品自高!这不单指为人,为文亦如此。

真正能于饮食方面领略"滋味者",大多是从狂饮滥食中省悟过来的人,写作亦如此,真正华丽过的才能很好地谈平淡。

令真正的美食家常常想起的往往是芹菜嫩芽的清鲜、蕨菜的肥美、荸荠的爽脆、淡中悠长的滋味。"大菜"更像是一种表演,不能天天上演,往往难以为继的不是经济而是疲惫不堪的肠胃!令人难舍难弃恰恰是那些普通得不能再普通的粥饭和咸菜。这不是一个简单的口味问题。

话又说回来,我把这篇文章写到这里,突然觉得又什么也没有了!这也是一种真实,我想我们讲的如果给非洲饥民听,那他们岂不绝望而死?于是我真正明白了所谓文化是不愁衣食之后的事情。

衣食足而后谈读书!

没有见过快饿死的人横卧道边写歌颂兰花的诗,这时候恐怕歌颂食物都来不及。如有食物,一口吞下,再无半点儿闲言碎语。

金圣叹临刑前写信告诉他的儿子,说,腌菜与黄豆同嚼大有胡桃滋味。

这话时隔三百三十一年让人想来都觉得十分伤感。金圣叹是否在狱中想吃胡桃而不得?这也不是没有可能的。如果从他想吃这一点看,他是那么有风度。如果从他想安慰儿子从而做最后一次戏谑,他也是那么有风度。

明清之际,有三位我极喜欢、景仰的人,他们都有狂傲的一面,都才华卓特,都怀才不遇,以他们的性格也永远无缘去"遇",皇帝遇上他们也算倒霉。徐渭的一首题墨葡萄诗是他怀才不遇、愤懑心态的写照:

半生落魄已成翁,

独立书斋啸晚风。

笔底明珠无处卖,

闲抛闲掷野藤中!

他还有一首好诗,亦是题画诗:

稻熟江村蟹正肥,

双螯如戟挺青泥。

若教纸上翻身看，

应见团团董卓脐。

如谈思想性，八大山人题画诗远比不上徐渭。当然文字批评方面，金圣叹又远在李贽之上，金圣叹把小说与戏曲与经典著作相提并论，即一划时代大功劳。只可惜留下"腌菜与黄豆"同嚼的疑案。我试着把腌菜与黄豆同嚼，却终不懂得要领，不知是何种腌菜？但临死犹想到吃法并写信告诉自己的儿子似乎除了金圣叹再无二人。金圣叹临刑信寄妻子云："字付大儿看，腌菜与黄豆同吃，大有胡桃滋味，此法一传，我无遗憾矣！"

这真是一个谜，与饮食有关的谜。

往大了说，我们每个人都不得不浸润在饮食文化中，人生来不是为了吃而又离不开吃，人活着不是为了吃，吃饭却是为了活着。所以无论怎么说，吃都是人生最重要的事情之一。无论去做什么事，都必须先吃饱，吃是生存的基础。所以，我们没有道理不去认真对待一饮一啄。

吴建里是我的一位文学圈外的朋友，他不久前去了泰国与新加坡，回来后颇为得意地对我说，他吃了一只头上有冠羽的大葵鹦鹉,滋味大体如乳鸽。我听了很吃惊,为什么为了吃而去残杀那么美丽的林间居民呢?

世界上生活最合理最节制最知足的不是人类而是鸟兽,谁见过得了青光眼的鱼或患高血压的狮子?谁见过患前列腺肥大的驴或得了白癜风的大象?

人类文化的真相是什么?这让我想起《红楼梦》中的风月宝镜,一边是姗姗而来的少女,一边是狰狞可怕的骷髅。人类文明、科学发展都是呈这种状态,但很少有人能认识到。

我们任何一个人都无法规划整个人类的休止去往,但我们能规划我们自己。华佗的《五禽戏》是人类向鸟兽学习的最初尝试,我们何不向鸟兽学习一下,一饮一啄足矣?请珍视我们的"一饮一啄",永远知足地对待"一饮一啄",不酒池肉林,不狂吃滥饮,不残暴地对待自然。

书 边 漫 笔

  动物里,最漂亮的我认为是马。猪随吃随拉,无论仰倒在什么地方都可以酣然一觉,而且常常是哪儿肮脏去哪儿。狐狸的行径近乎仙与怪,所以从没听说有哪个马戏团能驯狐狸。猫科动物大多漂亮而嗜杀,夜间蹑手蹑脚地活动,让人想到职业杀手。马与其他动物有极大的区别。小时候去看马戏,一匹骏健的白马披着美丽的鞍鞯在场子里一跑,我的心甭提跳得有多快。我那时的梦想就是要有一匹白马。为了有这么一匹白马,我可以舍弃城市而去草原,去土墙土房顶的乡村。白马、红马、黑马、黄马、花马,想一想,我最喜欢白马,长长的鬃、昂扬的步态,还有什么动物能比马更显得骏健?

  因为爱马,小时候就十分羡慕骑兵,威风凛凛地骑在马背上,"嘚嘚嘚嘚"就远去了。马出汗的时候有种非马莫有的气息,说不上臭,也不是臊,给我的印象很深,很刺激我,好像朦朦胧胧的有一种性的气息在其中,而又让人说不清。后来看有关汉代的文字,知道汉代从西域进良马,其中有汗血马,据说汗出如血浆,当然是它奔跑剧烈的时候。我怎么想也觉得不可能。

唐人笔下的马大都硕肥。韩干和他的老师曹霸画的马都肥肥的,想来那马一旦跑动,全身的肉都要颤,尤其是臀部。我静静观察过种马场的一匹雪白的骏马。那马若有所思地静静站着,多情地望着我,风从它那边吹过来,长长的鬃毛便飘扬起来,还有尾巴。那天是黄昏时分,太阳落在马的背后,那情景真是动人极了,马被即将落下的日头照得很灿烂。我忽然看到马的臀部猛地抽搐了一下,像中了电一样,从臀部到后腿,我吃了一惊,但那抽搐很美,很有力量,很富有弹性,我就朝它跑过去。那马前蹄一起一落地蹬了几下,然后不动了,看着我,我觉得和那马有莫名其妙的缘分。

明人画马就不如唐人了。好像是赵孟頫,画过一幅《浴马图》,马大多在水中,还有不知名的弼马温们,马左一匹右一匹东一匹西一匹,足足画足一百匹,而且还各呈姿态,但就是没有唐人画马的那种风神!第一次骑马,说来可笑,是一九八八年,在陕西乾陵。天那么热,周围的大松柏散发着一种热烘烘的松脂味。我与苏童满脚臭汗、满头臭汗地走上那个坡,然后合雇了一匹枣红马,说好了要六元。苏童骑在马的前边,我坐在他的身后。那匹马很壮,毫不吃力,"嗒嗒嗒嗒"地走着,平稳而轻健,几乎是一路小跑,上那么高的大山坡。因为是上山,而且我坐在苏童的身后,我觉得自己时时要从马背上摔下来,很害怕,便紧紧抱住苏童的腰。我没想到马身上会那么脏,油腻腻地脏,把我那天穿的白亚麻裤子弄脏了,结果下山的时候就不再骑。后来去看了看武则天的无字碑,碑上伏着一只美丽的竟然是绿色的壁虎,那当然是在碑阴,如在碑的阳面,会给烙熟了。

第二次骑马是在五台山,刚下过雨,寺院门外到处是卖鲜蕨菜的小贩,蕨菜啊——蕨菜啊——不停地喊。那天我的脚真疼,可能是走了太多山路的原因。上得山去,在一个什么寺,买了一册丰子恺的《护生画册》,一本《六祖坛经》。下山时就有些愁,于是突然就想到骑马,想起前次在陕西的骑马上山,又觉得骑马下山是何等地气概昂扬。试想马在下山,骑在马上的人身子朝后仰,睥睨千古的样子,于是就决定骑马。把那瘦伶伶的马夫喊来,说好了价钱,然后很神气地翻身上去,然后才领略了骑马下山的可怕!刚下过雨的山道泥滑难行,马蹄时不时地滑一下又滑一下。因为是下山,马每迈一步每一颠动,我的身子都要随之朝前大倾,总觉得自己时时要从马头上翻过去。我遵照马夫的教导,尽量把身子朝后仰,两只脚朝前几乎要蹬到天上去。下到半道,我实在怕得不行,连连喊停,马夫怕脚钱打了折扣,竟不肯,猛抽马让马快走,只说没事。担心害怕地下到山下,马身上汗无一丝,我已是大汗淋漓。我想我当时的样子一定很滑稽,很难看。我明白了骑马下山真是不易,起码比上山可怕得多。依此想到许多古人能在马背上吟诗,真是令人羡煞!但我想那一定是平川:麦陇朝雊,露湿青皋,信马由缰,一边看景一边推敲诗句,多么的潇洒飘逸!这么一想,觉得自己愧不如古人。现代的人做什么都怀着一份急躁,进深谷大山去旅游,却忘了是游山,要一挂缆车风驰电掣地把自己运上山去,哪有行旅的味道?几匹马、一二童仆、几箱书、一驮炉灶、一驮干粮、一驮古琴、一砚、一笔、一剑,马铃清脆,多么富有诗意。节奏问题也是生活形态问题,今人的不耐烦欣赏戏曲,道理也正在这里。现代人似乎总是急于要知道故事的结局,而淡忘了那种欣赏。说白了,《三岔口》有什么意思?摸黑混打,滋味不在故事里。

　　王子猷居山阴,夜大雪。眠觉,开室命酌酒。

四望皎然,因起彷徨,咏左思《招隐诗》。忽忆戴安道,时戴在剡,即便夜乘小船就之。经宿方至,造门不前而返。人问其故,王曰:吾表乘兴而行,兴尽而返,仅必见戴?

滋味不在访友,而在"夜大雪,四望皎然"的一路乘船徐徐行来,滋味在过程中。我们今天欣赏戏曲而意在看它的故事,则是一大笑话,重要的是要品味那一招一式,一腔一调。许多事情,滋味都在过程中,结局往往乏味。目的是什么,许多时候,目的就是——过程。如果你想登山,却不用你去登,而用直升机一下子把你吊放到你想去的山头上,有何意味?如果你想吃螃蟹,而不要你自己去剔剔剥剥地动手,由别人把剥好的满盘地送来,再蘸上姜醋往你嘴里进,有何意味?如果你想结婚,却让你略去一切过程,直接地一下子让你与并不相识的一位女子宽衣解带地上床,有何意味?抚养孩子的目的是让他长大成人。但是要你略去了哺哺养育的过程,一下子给你一个二十岁的儿子,有何意味?还不吓你一跳?

骑马游山或徒步旅游与坐缆车上山有什么区别?不仅仅是时间上的问题。书斋里吟诗与在马背上吟诗肯定有许多不同之处。

执笔为文,执什么笔?毛笔欤?钢笔欤?而现在许多朋友已用了电脑,毛笔文化的那种意韵早已不复存在。至少,用毛笔写文章似乎需要更深的一种修养,蝇头小楷三十万绝非钢笔或电脑打字的三十万可比。假设这么想,曹氏雪芹住的不再是荒寺古刹,青灯纸窗,而是住五星级大宾馆操电脑打字,那《红楼梦》将从何说起?或者,这虚拟的作家不是曹雪芹而是蒲松龄,让他住在灯红酒绿,舞乐声不绝于耳的宾馆里,他笔下的那些美丽的狐仙花妖是否还会翩翩而至!环境、所操工具,与文章有什么关系?顾炎武风尘仆仆骑马考察昌平一带山水写下的《昌平山水记》,与我们今天坐一日游小面包写下的文字是否会有天壤之别?

骑马有时会遇到暴雨、狂风或蔽空大雪。在马背上无遮无拦,马身上是一片雨湿,雨水从马背上溅激起来会打湿你的面孔,这种时候多么希望快快赶到一个驿站或一处温暖的茅舍。在暴风中逆雨而行或被风雪驱赶着往远处急急而行与安坐车厢里欣赏雨有多么大的不同。如果让身处不同环境的作家写同名的一篇散文,就以"风雨"为题吧,我想坐在车厢里的那位可能不会如马背上受难的那位写得动人。

《正气歌》之所以感人至深,正是在于它乃是文天祥罹难时写下的文字!

有些作家的思维速度与执笔记写的速度互相合拍,比如有些作家一稿即成,不需删改。那一定不会写得很快,思维与行笔同步或基本同步。而我就总是笔跟不上种种想法,所以稿子总是写得十分潦草,有时候自己看了竟不认识,倒要去请教别人,这是我常闹的笑话。

所以依此推想古人用毛笔写作,那一定是很从容的:书窗之下,一灯煌然,窗外风竹,唰唰如律,一笔一笔地写,想法慢慢如抽丝般来。毛笔写字,再快也赶不上风卷残云的钢笔。依此推究,电脑的速度与思维似乎也很吻合。电脑操作再快,也没钢笔快,那速度,似乎要比毛笔还要慢一些。所以,也许电脑写作更从容。但是,那种写作时与纸张的亲近感也会消失了,字迹的个性也会消失殆尽,书写的快感也消失殆尽。

写字有一种快感——侵略和占有的快感。一张白纸,说不清属谁,一旦落笔,便永远着上你的印记,占有了。占有欲是人类最强烈的欲望之一。

我怀疑用电脑能写出好散文。

当然,骑在马上也是写不出好文章的,吟吟四六句还凑合。能在马上驰骋的古代文人与今天的吾侪们有很大的不同。我常想,在夜雨船中,风雪庙里,荒村郊外,那所思所想是不是会更有情味?我们也可以想想极现代化的文化形态的特点是什么:能使四季紊乱的空调、能不用一笔一画去写的电脑、能收万里于咫尺的电视、能顷刻天涯的飞机。电视已经使我们能一动不动游遍全球,一切知识已经只是壁上观而不是亲身去领略。隔得很远,无关痛痒,细细一想,这很可怕,这种文化形态将使我们产生一种什么变化?产生一些与前人有什么不同的想法?

亲历意味着什么?

不亲历又意味着什么?

古人大都要会骑马,不会骑马岂能致远?行行重行行,与君生别离,那一定离不开马,就像今人离不开自行车。现代人,不会骑自行车的人到底有多少?古代的妇女同志们,会骑马的有多少?归汉的文姬、出塞的昭君,都"嘚嘚"一骑出没于猎猎朔风之中,当然还有不少随众。一大队的人骑着一大群颜色驳杂的马,冲风冒雪,抄手缩肩,"嘚嘚嘚嘚"马蹄击碎了沉寂,而人也要时时关心那风雪劳顿的马儿,是否蹄下有伤,草料如何?人和马是有感情的,当你对着马的湿漉漉的大眼睛时与你看着自行车的感受怎么能够一样!昭陵的墓穴里如果刻的不是骏马而是美女,那后人对太宗的印象将会怎样?又如退笔冢,把年久废弃的笔头们放在竹箕里一起掩埋了,那当中有多深的感情与深深的奠祭!古时有退笔冢,而我们今天是否也会这样对待那些磨写得开了叉的破铜烂铁塑料管?即以坐船旅游为例,过去的那种木船,在雨夜风晨往往会交织出一片诗意。如"夜船吹笛雨潇潇",如"画船听雨眠"。下边是脉脉的江水,船篷上是不绝的"沙沙沙沙"的雨声。雨可能从船篷上渗漏进来搅了船里人的好梦,也可能风把系船的缆绳一下子吹开给旅人带来一夜的惊恐。船无论怎么舒适,毕竟是船,逼仄、颠簸,水狂拍着木头的船舷……一叶扁舟就更小。由船造就的意境与情调与安居在家截然不同。江天漫漫,芦荻瑟瑟,一支短笛,飞满江天,无限的凄清。而现在的大客轮,比如长江的客轮,二等舱,几乎就与一般客房没有两样,哪里像船!坐在里边不到甲板上去,你会以为是在陆上或在家中,雨、风、浪、雪,几乎都与二等舱无关,又到哪里去寻"夜船吹笛雨潇潇,人语驿边桥"的意境!"人语驿边桥"是在听,如果是"人在驿边桥"则是看。这两句诗妙在听:雨声、江水流淌声、喑呜的笛声,还夹杂着断断续续、含混不清的于驿站桥边说话的声音。是情人相会,还是讲什么军机要事?

境界的美在于此境与彼境的差异与区别。江轮舒适如家居,风雨再不会对人形成情绪上的迫压,那意境也就退远了。

当书写不再是一种手工操作,一切手书的字迹都同化于电脑的字体,那么,人们对笔对纸张的神圣感也会消失殆尽。我喜欢看各种的字,古代书法自不必说,即使是当代朋友们的字迹,细细看来也十分有趣,工致、流丽、张狂、畏缩、沉静、飞扬、木讷、丑拙,每一种字都让人想见写字的人的性格。朋友亲笔写来的信几十年后会更觉珍贵。忽然有一日,诸路朋友们都不再执笔来写,都在用电脑打信,一切都变得如同公文来往,想想真有些可怕。如同从今往后不再让你享用鲜美的水果而只让你去服用对养生更为合理的从水果中提取的各种维生素!那是一种残酷!

现代生活中有许多残酷的成分。

又说到马了,既然我那么喜欢马。摩托车与汽车怎么说也要比马好,但为什么我们会那么喜欢马?马的形态、马的嘶鸣、马的奔跑、马的静若处子的伫立、马的鬃毛的优美的飞扬……马一旦死了,主人会哀悼,做一只马头琴在荒凉的草原上呜咽出满天愁云般的内心凄苦。倘若摩托车坏了,那结果一定是被扔到一旁,不再被主人顾视。世界上有没有"摩托冢",就地挖一个坑,安葬坏了的摩托,立一墓碑?

我喜欢马,喜欢毛笔,即使不用,案头也放一方砚。这是可以引以为怪的事。摩托与马放在面前,我可能挑选摩托,现代生活在排挤马,也在继续排挤着毛笔,排挤着许多不复存在的诗情画意。当代生活的诗情画意又是什么?这么一想,就觉得内心很乱。诗意是存在于观看人的眼中的,也许我们不自觉,那么,让我们把自己想成是百千年前高冠博带的古人,让我们用一双古人的眼来看看今天,是否会发现一些诗意,或发现一些远比诗意更重要的东西?

曹雪芹是否会羡慕我们的电脑?成吉思汗是否会羡慕我们的车辆?这么想想,不必寻找答案。就像不必问我为什么会喜欢马,喜欢马的形态、马的气味、马的飘逸、马的神骏、马的飞驰、马的静立、马的慢步、马的嘶鸣。马真是美,美是不可言说的,世界上充满了美,世界是不可言说的。

在我的印象中,和尚的衣着颜色非灰即黄,灰色的衣服是用草木灰染成的,黄色的衣服是用稻草煮染的。这是在古代。具体的染法是把布匹或成衣和稻草一起放在大锅里煮,这种衣服染制出来总有一种难以弥散的

祖石峰社大西居雲烟飄飄玉

草的芬芳。

一九七八年,我去五台山,忽然被一个年轻的和尚吸引。吸引我的是,这年轻和尚的装束不同凡响,风度绝佳,人又瘦净。那么鲜明的黄色僧服,下边更加鲜明的是竟然打着两指宽的绿色绸腿带!腿带从膝关节一直打到脚脖子处。这绿绸的腿带很长,打完了还剩很长的一大截,便打个结,还有两寸多长吧,就一任它在走动时飘飘扬扬。这和尚俗姓白,单名一个采,法号忍能,后来成了我的朋友。有这么大胆的装束,我想他可能不同于一般和尚。我当时这么想,后来证明我这想法没错。忍能深喜书法,所到之地,该去的寺院不见得都去了,不该去的书法展览美展之类他都去了。看着他在一幅幅书法作品前久久默立,不由得让人想起古往今来许多的和尚艺术家,我当时想,像忍能这样的出家人一定不会永远是佛门中人。后来又证明我的想法不谬,他现在已经还了俗,如潮不绝的情欲促使他还了俗。我和他在夜雨萧寺中探讨过一个问题,就是佛经上说过的"以手出精非法淫"。能侃侃谈论此事的和尚绝非一般出家人。那天夜里的雨下得很大,雨水从禅房外的鱼缸里溢漫出来,声音很大,"哗哗哗哗"像流着一道其脉偌大的泉。可能是由于雨下得太大吧,有两只蜥蜴出现在木头窗台上,静静听我们讲。

忍能是个懂得美的人,他的禅房一进门就是靠墙的一只香案,香案上供着一尊铜的昆卢佛。旁边又是一个格物架,上边有浑圆的青花瓷瓶,豆青的开片瓷花瓶,还有一个铜瓶。铜瓶味道很臭,所以不用的时候里边就贮满了石灰。忍能用青花瓷瓶插黄色的雏菊,把它供在昆卢佛前。用豆青开片瓷瓶插两朵白中泛粉的菊花,我不知那是什么品种,每一朵都只有睡莲大。那只铜瓶呢,用来插梅花和菊花。以什么器具插什么花,搭配本身就是一种审美。我看他插荷花,花是他自己采来的,一朵已开,露着里边嫩娇的小绿莲蓬;一朵尚未开,但已松松地要开,一朵高一些,是那开的,一朵低一些,是那未开的,一高一低,相映成趣。

器、花、色、姿,无一不佳。

忍能带我去采蘑菇。由于那个庙里只有四个出家人,分工就并不很细,所以我才有可能吃到忍能做的菜肴。忍能很干净,指爪无垢,我们吃鲜蕨菜、烹鲜蘑菇。后来他又带我去距竹林寺很远的观音堂,那是一个尼姑庵,在那里我吃到了平生所吃到的最好的金黄金黄的腌菜,腌白菜和蔓菁,那么爽脆,那么微酸又甜。忍能告诉我,每年深秋他都要来庵里帮尼姑腌菜。脱了鞋袜洗净了脚跳进埋在地下的几乎有一人高的大缸里去踩来踩去,把菜踩得紧紧的,用他的一双赤足。

观音堂东边那条小河严格说应该是条溪,溪边那几株梨树花落的时候,把小溪都漂得一片雪白。因为面对着这种景色,身边又站着忍能,我脑子里就突然想到诗僧画僧,想到怀素、八大、石涛、弘一。

作为作家的和尚我只知道一个人,那就是苏曼殊,但他的小说却写得太一般,远不及那些书画方面做出成就的出家人。

和尚眼里的美和我们眼里的美有何不同?他们在一花一世界里发现了什么?

当然我们现在已经无法想象怀素和八大山人或者是石涛,他们的禅房是什么样子,什么摆设,他们的笔墨生涯又如何?但我们可以根据出家人所应恪守的种种清规戒律去揣摸他们的生活。

繁华有两种:一种是外在的繁华,门庭若市,声色犬马,但内心冷寂。一种是内在繁华,外表看上去孤寂落寞,青灯黄卷、一木桌、一木椅、一竹榻、一古瓶、一铜炉、一瓦砚,但内心有热烈与种种华彩乐章般的想象。这是内在的繁华,大艺术家大多属后者,我想石涛、八大即属后者。

生活上枯寂沉淀,而精神上却飞扬浪漫。

就环境而言,寺院怎么也跑不出寂寞的圈儿,虽然也有"曲径通幽处,禅房花木深",但那花木会愈加引动人的无法释放的种种情欲。这里的主人是和尚而不是士子俗人,他们不可以邀友叫妓赏花对月。这里的主人是出家的人,是有情欲而又不能释放的人,欲望的压抑的结果是什么?结果往往是朝别处排泄,排泄到书画世界里去,或寄托于锄花蓐草。山西的玄中寺里高可齐檐的牡丹是否是这种寄托的产物?

寺院的香火鼎盛的那份儿热闹其实是永远无法入侵到出家人孤寂的内心里去的。热闹的寺院也好,萧条的荒寺也好,都是表象。

我很向往寺院的生活。静,花木、屋舍,都静得像一缕袅袅上升的青烟;寂,没有喧哗,没有市声,伏在花叶之下的蝈蝈也似乎不敢大声叫。向往寺院生活实际上是向往一种自然形态。寺院毕竟和现代化城市不一样,草染的衣服穿在身上柔软芬芳,不是香水和其他香料可比的。而和尚们,他们向往什么,他们内心也许向往鲜明的颜色、高级的布料。人类就是这样,城中的想住城外去,城外的想住到城里去;有家庭的想冲破家庭的桎梏跑出去,没有家庭的单身同志们却急吼吼想着成立家庭;没文化的人要装作有文化,有文化的倒要去近俗;没钱人勒紧裤带去奋斗一枚金戒以示自己富有,有钱人到处宣扬自己没钱。

生活如走马灯的人,往往会在不自觉中把自己的精神之门户一个一个关闭起来;生活枯寂的人,却往往在枯寂中把自己神秘灿烂的精神之门一个接一个打开。荒荒大漠上的游牧民族一年四季没有多少花红柳绿可看,便极尽了想象能力使自己的衣饰变得色彩丰富,漂亮起来。鲜明亮丽的松耳石多像一个又一个小小的湖泊的缩影。在南方人看来过分刺目的大红大绿的挂毯绣品在大漠人的眼里看来却多么悦目。四季有花可看的南方,却偏偏在建筑上摒弃了漆彩而对木的原色、白的墙、青的瓦情有独钟。

南方是色彩的世界。

从这里是否可以探寻到一些和尚艺术家为什么会把自己的艺术推向高峰的信息。我们不妨把人比作是一条又一条河流,河流里的水总要流到什么地方去。出家人的精神河流分叉过于少,不像世俗之人的精神河流分叉如灌木丛的枝条。所以,出家人的精神河流之水具有相当的冲击力,它们会在艺术领域里流得更远,冲破更多的专为艺术家设置的种种障碍。一切的清规戒律筑成的堤坝逼使他们走向艺术的极致。如石涛,没有冥思苦想,没有手摹心写,没有登山临水穷尽自然之妙,更确切地说,没有寺院孤寂得不能再孤寂的生活,他怎么能登峰造极?如果他不幸而为政府官吏,头顶一根孔雀羽毛晨昏相接地处理案牍,夜以继日地"这边走,那边走,只是寻花柳",那他怎么可能成为一代画圣?但也不能仅仅以清规戒律为理由来诠释某些艺术家之所以成为艺术家。

真正的作家只有在写作时才感到刻骨的欢乐!如果他在其他方面的兴趣远甚于写作时感到的欢乐,那么,他注定是凡庸之辈。那他的写作可能是一时的即兴表演,耐不住寂寞的一种冲动,一种世俗想法的唆使,一种争强好胜的努力。久而久之,他必定要从艺术领域嗒然退出。

作家的最大欢乐是什么——写作。

画家的最大欢乐是什么——作画。

这只是一种情形。另一种情形是逼使,种种原因逼使一些人走上作家和艺术家的道路,比如和尚艺术家大多属此一路。他排遣内心的苦苦乐乐的通道只有一条——书与画。著书立说是不可能的,那要介入葛藤般纠缠不休的世俗情欲,为佛祖所不容。苏曼殊是特殊的一例,他的小说写得很一般。十三四岁、十五六岁是一个人最美好的时光,这个时候往往是一个人向某一条路迈进的开始。俗话说"才女无颜色",是相当有道理的。一个女子长得如花似玉,从很小起就引人注目,揽镜自怜,各种的场合、各种的与人周旋,应接不暇的话语、目光、手势、赠物、问询、诗稿、信件,她的心之屋被这些东西占据,再不允许堆放"文学"与"艺术"。而那些姿色平平或长得不姣好的女子,从情窦初开之时就饱受了冷眼或起码是不被人注意,被人冷落在一个寂寞的角落里,太像是深山里的一株鲜花,没人关心它怎么生长,怎么开花。想要被人注意是一切人的天性,无论男女丑俊。于是,才女们的心便得以专一,如她内心聪慧,她会慢慢发展为内秀型。女作家大多不是美姿容,而大多又都内秀、多疑、敏感、伤怀、多愁,大多"梧桐更兼细雨,到黄昏点点滴滴","守着窗儿,独自怎生得黑"。女作家很少有人如花似玉,但她们是一些更加可贵的花,像茉莉。妓女们像什么?像月季!当然,这种相提并论实实在在是一种亵渎。女作家比一般女性更羞怯也更勇敢,侵略性与占有欲更强。女作家的作品大多结构均不磅礴,视角比较单一,不像男作家那么广博。女作家的眼光又远比男作家锐利,如萧红。卷帙浩繁的回忆鲁迅先

生的文字之中,最数萧红的那篇写得漂亮,把鲁迅先生写活了:

"鲁迅先生走路很轻捷,刚抓起帽子往头上一扣,同时左脚就伸出去了。""有一天下午鲁迅先生正在校对瞿秋白的《海上述林》,我一走进卧室去,从那圆转椅上鲁迅先生转过来了,向着我,还微微站了一下:'好久不见,好久不见。'一边说着一边向我点头。""鲁迅先生上楼去拿香烟,抱着印花包袱,而那把伞也没有忘记,顺手也带到楼上去。""来了客人,菜肴很丰富,鱼和肉,用大碗装着,多则七八碗,可是平常只有三碗菜,一碗素炒豌豆苗,一碗笋炒咸菜,再有一碗黄花鱼。"吃到半道,鲁迅先生回身去拿来校样给大家分着,客人接到手里一看,这怎么可以?鲁迅先生说:擦一擦,拿着鸡吃,手是腻的,到洗澡间去,那边也摆着校样纸……

一条条地写下去,回忆下去,全无章法,但十分真切如在眼前。女作家的敏感对许多会被男作家忽略掉的细节都一一注意到了。

至于那些想通过文学跳到什么地方去的所谓的作

家,他们的文学活动注定只是暂时的。女作家往往不是这样,她们特别有毅力,一如她们在水中游泳总比男性待得更久,但她们的写作范畴往往窄小,这是一切女作家的局限。男性作家的写作范畴如果太窄,比如只能写农村小说或别的什么小说,文字样式操作也太单一,如只能写短篇或屑小的散文,那么只能说明这个作家太一般化。男作家太应该像是一匹不安分的马,要到处狂奔或不狂奔而慢慢地小走,但它要到处去品尝,吃遍东南西北的草,领域之大,难以想象。女作家则太像是厩中之马,难以驰骋出去,所以,她们往往有更多的渴望与想象,想象草滩,想象异类,想象湖泊,想象自己是一匹公马。

真正入道的人很少坐而论道,真正入文学的往往回避谈文学。喋喋不休,载车载道地谈文学者大多是浅薄之辈。女作家们的敏感使她们绝少谈自己的作品,这与那些逢人便说自己作品谈自己细节的宵小之辈形成对照。

女作家们与和尚艺术家们有某种相通的地方,真正令她们欢乐的一定是写作。她们和他们——真正的作家们,注定只能走向文字,以生命、以青春、以不眠、以漫长的岁月——这就是真正的作家,很难想象一个真正的作家忽然去下了海。曹雪芹当年若去开小餐馆做"老蚌怀珠"之类的特色菜或开风筝铺去扎大沙雁风筝或肥沙雁风筝,那么,他一定能过上"老酒喝喝,花生米剥剥"的日子,他何至于"举家食粥酒常赊"呢?

何至于此呢?

我想他的欢乐不在于"老酒喝喝,花生米剥剥"。一旦坐在桌前提笔写作,笔下有多少繁华、多少美丽、多少荒凉、多少感慨,比饮宴、比狎妓、比掷骰、比斗大金印、比车载金银、比满床牙笏,比什么都更能令他快乐!——这才是真正的作家!

忽儿下海摸鱼儿,忽儿上山砍樵,忽儿视文学如厕中粪土,忽儿视文学如佛面金箔,让人哭笑不得,真让人想到曹雪芹的好友敦诚赠曹的一句诗:

　　残杯冷炙有德色
　　不如著书黄叶村

好像是这么两句,记不大清了。

在这个世界上,钱袋也许不是最好的东西,写作当然也不见得是最好的行为。人生是一个过程、一次对生命的横渡,或踩上石头过来了,或顺着桥过来了,或浮着水过来了,或被人背着过来了。此岸是生,彼岸即是死,两个极点对每个人都一样,但过程就大不同。

过程充满了差异,人生有味是过程。

有一个寓言,讲 A 朋友去看 B 朋友。B 朋友在睡觉。A 朋友心想,我不妨也睡,他醒了会叫我,就睡下。B 朋友醒来,忽然看到 A 朋友睡在其侧,心想,他什么时候来的,竟然睡了?看看不醒,就想,我何不再睡一会儿,就又睡去。

A 一会儿醒了,看看 B 还在睡,就又睡。

B 一会儿醒了,看看 A 还在睡,就又睡。

A 一会儿又醒了,看看 B 还不醒,心里说,这么长时间还没醒,我改天再来吧,就起身走了。

两个等于没会面。

世间有许多错位。

你不能敲两下 A 门看看不开又去敲 B 门,这时候 A 门也许开了。

敲 B 门不开去敲 A 门,此时 B 门又开了。

敲 A 门不开去敲 B 门,此时 A 门又开了。

和尚没那么多的门,真正的艺术家和作家也没那么多的门。他们喜欢始终叩击同一扇门,像一个痴子,举手苦敲,"砰砰砰,砰砰砰"。许多聪明人敲不开门就去海里捉鱼了,那边风景很好,他们在海里听到那边的敲门声。

还在敲哪！他们在海里玩。

或者听到敲开了,他们忙从海里浮上岸朝门那边跑,那扇门已经砰地关闭,那苦苦敲门的人已经进去了。

这是个寓言,人生除了生与死不可言说外,其他似乎又是可以言说的。

不可言说的世界。

可言说的人生。

梅花且三弄

一

就我而言,只要说到梅花,样样都是好的。比如玩扑克,摸到黑梅花也觉着好,还有一本书,是早些年地下流行性质的,许多人都还会记着,书名便叫《梅花党》。这本书的内容都已经忘记了,好像是脱不掉凶狠的残杀和阴冷的暗算,但书名却有几分雅——《梅花党》。所以书里的内容都忘掉了,书名却还木刻样记在脑子里。这都是因为喜欢梅花。梅花因为有几分像杏花,所以不少外国人还把梅花叫作"东方杏花",这是一件令人生气的事,杏花怎么可能与梅花相比?

说到喜欢梅花,其实先是从诗歌开始,有两首古诗写梅花最好。一首是拗相公王安石的五绝:

墙角数枝梅,
凌寒独自开。
遥知不是雪,
为有暗香来。

这首诗我真是喜欢。令我激赏的是拗相公与我有同好,都喜欢白梅。红梅是热闹,给眼睛以刺激。白梅是高洁,不着一点点颜色,天地间种种脏脏,它一点点都不染!还有一首,据说是袁中郎的,也在那里咏梅,句式奇怪而内容好到十分,像是童谣,却是七言:

一片两片三四片,
五片六片七八片,
八片九片十来片,
飞入梅花都不见!

算算术一样把诗一路用数字写来,最后一句意境好到天上。写的原来竟也是白梅,这首诗里的雪飞得很紧,如果稀稀落落有一片没一片地飘落倒不好了。很急很密的雪飞入那令我心生欢喜的白梅,这是多么好的意境!这就是诗,纯粹的诗,不能画成画,想必最好的画师亦画不来,如果拍片子,也没那韵味。好诗就是这样,那意境只能用一个一个汉字牵强地固定在纸上,只有在纸上才好,看不到,却要你想象,这就是文字的魅人处,无法替代处。还有就是陆放翁,他的多少好诗我都要放在一边,早上起来在南窗下习字,常常一动笔就写他那首《卜算子·咏梅》,说到习字,不是帖子和修养让我收敛且沉静,只是这首放翁的词让我一点点不敢张扬。尝见有人用草书飞扬跋扈地写这首著名的词作,心上便有些难过,那飞扬的草书只好去写岳飞的《满江红》。陆放翁的梅花开在黄昏时分的驿站外,那桥既然已经断掉,而且又无人去修,其寂寞可以想见,这首词是静,是孤独的徘徊,是极慢的拍子,一拍、一拍、一拍、一拍,和草书有什么关系?

北方没有梅,这就让人觉着北方真是不像话!好事怎么非得都让南方占尽?比如竹子,在北方亦很少见。但竹子还可以在北京和北方其他的一些地方让人看到,一律瘦瘦弱弱。而梅花却只在南方。北方如果有梅,也只在盆里,开起来清香亦不会少,但却没那真趣。南京梅花山上的梅简直是在那里布阵,布得起阵才会有大气势,有气势才会好看。梅花山上的梅,夜夜都要经受那苦寒,花在苦寒之中一点点做起,香亦在苦寒中一点点做起,才会给人带来喜悦。这喜悦又常常是让人有一点点担忧在里边,担忧夜里是不是会突然天降大雪,虽然梅花经得起雪,虽然雪会衬托梅花的风致。这"担心"二字便是深爱。中国人对梅花普遍都有那么一点点刻骨铭心。古人品花,梅总是第一品,这实实在在是人间公道!人人都知道冬天必定会过去,没见过历史上有留在那里不肯走开的冬天。但冬天尚未离开春天还没到来的时候,就在这个时间的小小夹缝里,唯有梅花冲风冒雪地开了,花朵是小的,谁听过碗大的梅花?梅花应该小,瘦瘦小小才见风致。尝见画家画大幅红梅,千朵万朵拥挤在一起像是着了火,是不得梅花之真趣!梅花盛开有盛开的好,而且让人知道好的事物总是短暂的,是须臾间的事,就是要你伤感乃至惆怅。苏东坡的那首诗:"夜深只恐花睡去,故烧高烛照红妆。"明明知道是在写海棠,而我偏偏认为那高烛是应该照给梅花的,这样好的诗句,苏东坡怎么会写给海棠?诗人居然也会偏心!我总是认为,一切好的诗句都是要给梅花的。红梅、粉梅、绿梅、白梅。从颜色上分,南京梅花山上好像只有这四种。中国人干什么事情都喜欢排座次,去厕所也是领导雄赳赳在先。《水浒传》中一百单八个英雄居然个个都排到,一排一排前前后后地坐,就是不肯大家

深山藏古寺
古寺鐘聲响
惟有千年柴
處信對誰講

都坐一排或混坐。混坐其实最平等,我喜欢到大澡堂洗澡便如此,大家欢欢喜喜赤诚相见,管他谁长谁短!再说到梅花,你就无法排座次,红、白、粉、绿我认为都好,各有各的风韵。梅花是,全开的时候好,半开的时候也好,各有各的好。梅花开的时候,小小的花苞从米粒大慢慢到黄豆大,要经过多少风风雨雨。梅花也知道不莽撞才好,花开的时候先要让花蕊吐出来试探一下,古人画梅,尝见花骨朵上点一蕊。风寒中的梅便是这样,先探出蕊来,这就和其他花不一样,然后才一点一点开起来,一旦开起来便不再犹豫,直至大放。谁见过开到一半又羞答答合拢的梅花?还有,许多事情都是有衬托才好,梅花却偏不要衬托,叶子是后来的事,把花开完了再说,所以梅花真是可爱。桃花却要手拉了绿叶一起登场,红红绿绿固然热闹,却不能像梅花那样让人感动。还有什么花敢于冲雪绽放?还有什么花能在风寒中抖擞它的那一缕刻骨的清香?这清香便是最好的宣言,只有在料峭的风寒里你才会读出梅的好。

梅花好,所以人与梅花的情感多多少少几近于恋爱。千里迢迢的非要去看它。甚至,那个宋朝的处士林和靖,非要拉梅花来做他的妻子,"梅妻鹤子"雅是雅,但我却认为不可以。梅花是一清到底,你可以向它好好学习,天天向上。为什么偏要拉人家来做你的妻子?

春节的时候,我年年不换的春联是:

春随芳草千年绿
人与梅花一样清

没有梅花,能有这好句子吗?没有梅花,在冬天尚未离去春天还没到来的时候天地间只能是一派寂寞。这怎么能让人不喜欢梅花?

二

北方没有梅花,要看梅花只好到公园或去面对让龚自珍生气的梅桩盆景。盆景梅花毕竟是盆景,一个人面对一盆梅花,不知是人在那里孤芳自赏,还是梅在孤芳自赏?反过来说一句,真不知孤芳自赏的是人还是梅。梅花的香,细究起来,之所以让人觉着特别香,问题在于,这时候除了梅花确实还没有其他的花,既无花,何谈香哉?所以梅的香是只此一家,别无分店!各种的梅里,我最喜欢的是白梅,当然最好是绿萼,开起来让人觉着有无限的春意在里边。朱砂梅固然好,但是太热闹,太热闹的东西我总是不太喜欢。除非是和朋友在一起喝酒,喝酒要的就是热闹!斯斯文文喝酒叫喝酒吗?我不太喜欢红梅,但每每想起《红楼梦》中宝琴抱的那一大枝红梅,却又让人觉着好。红梅要衬着白雪才好看,但白梅亦要雪来衬着才更妙。

身在北方,看雪的机会太多,但看梅就只能对着盆梅想象江南的香雪海。今年去了一趟南京,是专门去看梅,却上了新闻媒体的当,电视画面上的梅已经是开得沸沸扬扬,但现实中的梅花却还没几朵,要说开也只是星星点点,无论红梅还是白梅,都还是满树满枝的花骨朵。倒是蜡梅正开得好,蜡梅真是香,离老远就能让人闻到,远远地,远远地就香过来。北方没有蜡梅,远远地闻过香后,然后过去细看,却让人吃一惊。蜡梅当然是黄的,颜色像是有几分透亮儿,像是受了冻。让人吃惊的是蜡梅的花瓣既不是五瓣儿,也不是冬心笔下的一个圆圈又一个圆圈,圆圈圆圈又圆圈。蜡梅的花瓣是十多瓣儿,分两三层,花瓣儿竟是尖锐的三角。这忽然让我想到了宋徽宗的《珍禽蜡梅图》,当初看这幅画,心里还觉得十分不解,萱草和蜡梅在一起开花可以让人理解,艺术既不是自然中物,时序自然可以被打破。但让我感到奇怪的是,徽宗笔下的蜡梅怎么会是那么多瓣儿?重瓣梅可以多瓣儿，重重叠叠十多层都可以，但梅花的花瓣儿怎么会是尖锐的三角？当时还觉得是徽宗的笔误。殊不知却是自己的少见多怪。大艺术家的徽宗向来是重写生也提倡写生，关于孔雀升阶先举哪条腿已成艺坛佳话。看了南京的蜡梅才知道徽宗的创作态度真是极其严谨。艺术从来都离不开想象，但从来都不能只靠想象来完成。

说到蜡梅。我很喜欢作家汪曾祺的那篇写他故乡花木的随笔，他说他的故家就有一树老蜡梅，年年蜡梅开花的时候他都会爬到树上去摘一些下来，做了花簪给家中的女眷戴。而且说到蜡梅中的"狗心梅"和"檀心梅"，我在南京看到的蜡梅花便是檀心梅，花蕊做深紫色，颜色不好却香！当时摘了满把放在衣服口袋里，是一边走一边飘香，走到哪里香到哪里，直到第二天，还在香。

第二天，我在宿醉中由南京到扬州，瘦西湖两边的蜡梅居然也黄黄地开得正好。远远的香气拂然而至，让人顾不得和年轻的船娘说话，虽然她漂亮，一路讲瘦西湖的故事。我不喜欢瘦西湖，为其太窄、太小、太人为，太像盆景。

看了蜡梅，想想自己最初看徽宗的《蜡梅珍禽图》时对徽宗的不满,真是让人惭愧,艺术要的是认真,做人做事也要的是认真,自己没有见过的东西最好要亲自看看才好,"艺术"二字首先是要从眼上过,然后再从心上来,做人做事也如此,先要从眼上过,再从心上来。这倒是去南京看梅花的一大收获。

看梅,我以为要一树一枝地细看,一花一瓣儿地细品,才会看出梅的好。至于满坑满谷的梅花,气势虽好,却是大合唱的意思。几百株几千株的梅花一齐开放如雪如海,当然让人感动,但要领略梅之真韵,还要一株一枝一朵细细看来。不细看,只远远一望,岂能让人知道蜡梅为何物?这样看,恐怕是到死也不知蜡梅。

三

读英国传教士约翰·司蒂芬的《传教日记》,里边记着他来中国的一些琐碎事情,比如关于小脚女人。他说,中国人习惯把女人的脚趾在小的时候全部用手术弄掉,这是他作为一个旁观者隔靴搔痒的推测。约翰·司蒂芬在中国待了六年,居然不知道中国女人是怎样把脚弄小的,这真是怪事。他在日记里还这样写道:

> 中国人是喜欢梅花的,梅花开的时候便会有大批的诗人到梅花树下写诗喝酒。中国的北方还有另一种梅花,到了六月会结出很好吃的果子,果子的颜色黄黄的很好看。

约翰·司蒂芬所说的"另一种梅花"是什么呢?北方没有梅,和梅相去不远的只有杏,我想那应该是杏树。北方人一般是看不到梅花的,既然英国传教士约翰·司蒂芬把杏花叫作是另一种梅花,那么我们没有南方的梅花可看,也不妨去看看北方的"另一种梅花"。只不过这北方的"另一种梅花"来得要比南方的梅花丰肥一些,一如韦庄词里所写:"春如十三四女儿学绣,一枝枝不教花瘦。"

我作为一个北方人,看杏花也看了有三十多年。小时候是不懂看花的,只知道折花,折一大枝,在手里挥舞着玩,然后扔掉了事。懂得看花是后来的事,花开得正好的时候,忽然来一阵好大的风雨,把开得正好的花打落一地,心里便觉得难过,这是懂得看花的起始。我小时候的旧宅离公园不远,天气一天比一天热烘烘起来,往公园那边望望,公园里白白的一片又一片,我便知道那是杏花开了。

杏花最好看还是将开未开的时候,有一点淡淡的胭脂色,很娇气的样子,一旦大开,便白了,快开败的时候更白。这时候去公园,你会睁不开眼睛,花会晃眼吗?花就是会晃眼,晃得你硬是睁不开眼睛。

小的时候,我喜欢酸酸的杏子甚于喜欢杏花,扣子大的杏子简直要酸倒人的牙,但我偏喜欢吃。现在,我喜欢杏花甚于杏子,即使是最甜的京杏,我也不怎么喜欢吃,摆在那里看倒可以,找一只青瓷盘,摆五六枚红红黄黄的大杏子在里边,让人动不动想到海派画家来楚生的国画小品。

说到杏花,很喜欢陆放翁的"小楼一夜听春雨,深巷明朝卖杏花"。那真是富有诗意。

我想那小楼不必太高,二层最合适。如果太高,十层八层就无法听雨了,只好听电梯的上下来去的声音。二层小楼,一个人独卧,整夜地失眠,想的却是第二天的杏花,这是多么不现实而又富有诗意,而富有诗意的事物往往就是不现实!陆放翁的诗让我们知道宋代居然也有卖花女,卖的还是杏花,用篮子放一枝一枝的杏花卖,还是推一车来大声叫卖?我以为还是挎个小篮子卖的好,推一车杏花卖太煞风景,卖花女郎也会累坏。不妨就在想象中买她篮中的一枝杏花,插在辽代黑釉的鸡腿瓶里,好看不好看?老画师齐白石有那么多的堂号,但我偏喜他的"杏子坞",中国文字就是妙,如果是"杏花坞",则会是另一种意境,却偏偏是"杏子坞"。但杏子坞已经把杏花包括了进去,无论什么树都得先开花后结果。世上有没有不开花便结果的杏树?也许爪哇国里会有。我觉得杏花也不错,如与梅花比,起码杏子要比梅子好吃。再说,杏花和梅花也相去不远,要不怎么英国人约翰·司蒂芬会糊里糊涂把杏花说成是"北方的另一种梅花"?

这种说法蛮不错,北方的另一种梅花。

这样说杏花,也不知杏花会不会生气。

两者相比,我还是爱梅花!

乐器的性格

一

乐器是有性格的,它静静地待在那里,什么也不是,一旦被人操纵着,它的性格就出来了。

乐器和人一样也是有性格的,就像是人的嗓子,有的人嗓子可以唱得高一些,有的人嗓子却只能唱低音。什么样的嗓子唱什么样的歌是不能乱来的,这也有一种看不到的规律在里边,如果违反了这种规律,歌子就会唱得很不像话。

中国的乐器很多,比如二胡,就是一种很悲剧性的乐器,所以瞎子阿炳才会用它来演奏内心的凄苦。想象一下,他一边拉着胡琴一边在江南细细的雨里慢慢走动,又是细细长长的巷子,巷子里的石板路面一块一块都给雨水打得一片湿亮。这应该是晚上,二胡着了雨的湿气就更没了悲剧性之外的那一点点亮丽。中国乐器大多都是悲剧性格,马头琴更是这样,而且往往是,拉马头琴的人还在那里调着琴弦,那悲剧的味道就出来了。它是一种骨子里哀伤的乐器。草原的晚上是一无遮拦的空旷,你站到蒙古包的外边去,天和地都是平面的。没有树也没有山,什么都没有。忽然,马头琴就那么浑厚地响起来了,拉的是什么?是《嘎达梅林》。那样哀怨,那样悲伤,那远方飞来的小鸿雁真是令人柔肠百转。听马头琴演奏这支曲子的时候,你最好喝一些烈酒,但是不能太醉,也不能一点也不醉,这时候你也许会被马头琴感动得流泪,那是一种极好的体验。二胡和马头琴相比,还有那么一点点亮丽在里边,马头琴即使演奏那些调侃一些的曲子,如蒙古民歌,还是不脱悲剧的味道。这悲剧的味道让人产生强烈的及时行乐的欲望,这倒合乎常理,越悲伤的人越想去行乐。

中国的乐器里边,琵琶是比较没性格的,它有些像是钢琴,没太明显的性格因素,却能演奏各路曲子,欢快的它来得了,悲伤的它也可以来。这就让它显出一种大度,就像是一个大气派的演员,什么他都能演。古筝也是这样的,古筝一旦演奏起来,便不是一条小溪样弯弯曲曲地流淌,而是从天边铺排而来的无边风雨,里边还可以夹杂着闪电和雷,可以很迫人地把你推到一个抽象的角落里让你去做具象的想象。《十面埋伏》这支曲子里就有马在不停地奔跑,雨也在曲子里下着,云在曲子里黑着,火在曲子里惨淡地红着。而古琴和箫却是极孤独而不合群的避世者,别的乐曲是声,而箫和古琴却是韵,需要更大的耐心去领略,需要想象的合作,不是铺排得很满,而是残缺的,像马远的山水,再好,只是那么一个角落,树也是一枝两枝地岢薔在那里半死不活,需要读它的人用想象和它进行一种合作。箫的性格其实也是悲剧性的,是一种精神境界里边的凄苦,而二胡却更现实一些,所以二胡还能演奏《旱天雷》和《瘦马摇铃》这样的曲子。箫却要以惨淡的江天做背景,天色是将明未明的那种冷到人心上的深蓝,冷冷的,还有几粒残星在天上。雁呢,已经在天上起程了,飞向它们永远的南国,飞得很慢,这就是箫的背景,红红的满江红的芙蓉花是和它不协调的。箫和笛大不一样,笛是亮丽,"芦花深处泊孤舟,笛在月明楼",这一声笛是何等亮丽,也是这一声笛,月色才显得更加皎洁,诗的意境才不至于太凄清。笛是乡村的,箫却是书生化了的,这是不同的角色,根本的不同。想象不出来一个牧童坐在牛背上吹箫,笛的悲剧性是要在一定的背景下才能表现出来的。比如《红楼梦》中凹晶馆中赏月时那冷不丁突然响起的一声笛,直让人心惊胆跳,像见了鬼,又好像一个平时很温和的人一下子暴跳起来发了脾气,猛厉、没由来、让人防不住,几乎是绝望了的意思,一声就够了,这时候也只有笛才能压得住那种强作欢乐却已悲从中来的场面。如果让箫出场,会压不住那种气氛,那气氛太大、太沉、太暗,只有笛才压得住。

中国的乐器里,唢呐是一种极奇怪的乐器,一会儿高兴一会儿悲伤地在那里演奏着,让人完全捉摸不定。中国的红白事的场面都离不开唢呐的惊惊乍乍。你觉得这种乐器的性格变得太快,太无常,喜欢与不喜欢它全要看是什么场面,是场面决定它的位置,而不是由它决定场面。有一支湖南的名曲是《鹧鸪飞》,是用梆笛吹奏的,梆笛里有几分哑哑的音乐给人一种疲惫的美感享受,颓唐的、疲惫的、无奈的美真是具有一种让人松弛到骨的魅力。唢呐吹奏的《鹧鸪飞》则完全是没了韵味的,没那种清韵,是世俗的热闹。唢呐的性格是直爽,直爽到有些咋呼,一惊一吓的,让人防不住的;或者就拉长了,像是一条线,你看着它要断了,却分明没断,你想象不到吹唢呐的人是去什么地方找的这么个口气。和唢呐相反的有笙,唐代的故事"吹笙引凤",首先那凤是因为笙之动听才会飞来,笙是以韵取胜的乐器,笙的声音得两个字:清冷。这"清冷"二字似乎不大好领略,不亮丽,不喑哑,有箫的味道在里边,但又远不是箫,很不好说。唐后主的"船上管弦江面绿,满城飞絮混清尘,忙煞看花人"。那管弦中的管想必就是一阵阵的笙歌,只有笙,才会一下子布满江面,如是笛,就太亮了,直线似的在江面上飞起,就不对路了。

中国的乐器里,最亮丽的莫过于京胡,京胡是没性格的演员,但它处处漂亮,是一种戏曲中的装饰物。一个人在早晨的湖边独自拉京胡,你站在那里仔细听,就连一点点哀愁和喜悦都分析不到,它让你想到的只是一种经验的突然降临,忽然是妖精似的花旦出来了,忽然是悲切切的青衣掩面上场了。

中国的乐器里是很少喜剧性的,雷琴好像是其中唯一的一种,可以学鸡叫,学马嘶,学各种的小鸟,《百鸟朝凤》这支曲子让雷琴演奏起来你真是会忘掉了乐器的存在。雷琴什么都可以学得来,就是没有自己的本声本韵。雷琴就是这么一种乐器,但它可以算是喜剧性的,但它又根本无法和锣鼓相比。锣鼓其实也是一种难以确定性格的乐器,但它出现在喜庆的场面太多了,所以,锣鼓一响起来，人们就兴奋了，这是历史的潜移默化。它的性格就这样给糊里糊涂地定格了。

中国的乐器里，最不可思议的是埙，它在你耳边吹响，你却会觉得很远，它在很远的地方吹动，你又会觉得它很近。这是一种以韵取胜的乐器，是一种事不关己高高挂起超然独行的性格。世上的事都和它好像没有一点点关系，它是在梦境里的音韵，眼前的东西一实际起来，一真切起来，埙的魅力便会马上消失了。

音乐永远是一个人的，上百上千的人在一起听音乐，真不知道人们在那里听什么。乐器是有性格的，它静静地待在那里什么也不是，一旦被人操纵着，它的性格就出来了，该是什么就是什么，往往是，到了后来不再是人操纵乐器，而是乐器操纵了人。

二

手风琴是什么时候传到中国的呢？好像是与传教士有那么一点点关系。我把这话对我的哥哥一说，我哥哥就笑我浅薄，说传教士唱圣歌是用脚踏风琴或管风琴。但中国的教堂里一般没有管风琴，大鼻子黄头发传教士大多都用脚踏风琴。演奏脚踏风琴，要运动项目一样地全身都投入,脚在那里踩,手在那里弹,嘴在那里唱,人必须端坐在那里,却要忙个不亦乐乎。我的音乐老师,名叫何宝芳,是个高个子,人长得很漂亮,她教我们音乐,总是一边弹着脚踏风琴,一边唱着哆唻咪,哆唻咪。因为总是在一遍遍地教学生唱哆唻咪,哆唻咪。她的嗓子就总是哑哑沙沙的,但我喜欢。我记着一次联欢,她站在台上,兰花样的两只手交握在胸前,穿着紫丝绒的漂亮旗袍,那天她唱的是一首《我家来了个胖嫂嫂》。那时候人们的生活还很困难,富足的标准就是胖,当时有一种烟,牌子是"大婴孩",就是一个胖娃娃在那里爬着。那个年代是瘦人的天下,人人都很瘦,吃粮要供应,吃菜也要供应,食油一个月每人四两也要供应。想要胖,没那么容易。就像现在的人想尽了法子想让自己瘦却也没那么容易。

就是我的这位何老师,后来上音乐课改用了手风琴教我们,这样就省力得多,起码在我们看来。说到手风琴,我就很想念我的这位何老师,我知道她现在闲居在北京,已经退了休。她拉手风琴的时候,脸侧着,嘴会时时跟着曲子一下一下动,好像是为她的手使劲,但丝毫不影响她的漂亮风度。手风琴像什么?好像是不太像乐器,倒像是一种机器。我们熟悉的乐器总是有两根弦子在那里给紧紧绷着,被马尾的弓子摩擦着尖锐地响,或者是笛箫,用指头把出气的小筒堵了或放开就呜呜地发音。我们熟悉这样的乐器,植物和动物的结合体,竹子、马尾和大花的蟒皮。而手风琴呢,简直就是机器,好像它就是欧洲工业革命时期产物的代表。有风箱,拉开,合住,再拉开,再合住。黑色的小圆钮键子和一排一排黑白相间的长键子上边跳跃的是演奏者白白的灵活的手指。手风琴演奏的音乐总像是有一个乐队在那里合力协作着,声音亦是复合的,所以,二十世纪五六十年代手风琴特别被看重,有了手风琴就等于有了乐队,一个人在那里拉,大家在那里唱。歌曲总是轰轰烈烈的那种——《我们工人有力量!》《团结就是力量!》,节奏一律明快有力。不知怎么,手风琴总让我想起苏联文学,无论是什么曲子,只要让手风琴一演奏出来,我就会想到开遍山野的梨花和让人摸不着头脑的苏联姑娘喀秋莎,或者会想到屠格涅夫,想到《静静的顿河》或者是《白净草原》和《父与子》。这很奇怪,为什么呢?像梦一样说不清。手风琴其实是时代感很强的乐器,二十世纪五六十年代是手风琴的天下。公园里的露天舞会根本就离不开它,想想当年夜公园的舞会,其实亦有一种小市民纸醉金迷的味道。首先是一串串五颜六色的小

三代江湖漁翁

灯泡像蜘蛛网一样在夜色里亮开,周围又是黑乎乎交叉的树影,再加上夜公园特有的花草气息,更让人忘不了的是晚香玉腻腻的香,主角是那成双成对起舞的年轻人,女的又总是双排扣列宁装,男的是蓝裤子加上白衬衣,白衬衣一律规规矩矩掖在裤子里。音乐是苏联舞曲,欢快的,手风琴特有的,震响着其他乐器永远无法演奏出的那种热烈的小家子气的共鸣。手风琴是什么?简直就是一个乐队,拉手风琴的乐手的脑子真是和一般人有小小的不同,首先是左手和右手能分得开,左手按这边的键子,右手按那边的键子。苏联的那种小手风琴,小极了,给人演奏着而且演奏它的人要一蹲一蹲地跳舞,蹲下去,跳起来,蹲下去,跳起来,青春洋溢得不能再洋溢!腿和腰上都像是安上了进口弹簧。在中国,那种小手风琴很少见,在台上演奏着的都是大手风琴,最好的是国产"鹦鹉"牌手风琴和意大利的"象"牌手风琴,七排簧一百二十贝期斯,猛地把风箱一拉开,好像是有那么一点点大乐队的气派,而又是外国的气派。多少年来,无法改变的印象就是只要手风琴一拉响,就让人多少有点伤感,有点惆怅,有点遥远,远远出现在想象中的赤松林一定是西施金笔下的松林,还有雪和雪橇,也一定是列维坦的画面。再近点,如近到我们中国,亦会是克拉玛依沙漠深处的油田,黑色的石油喷得到处都是,那石油最好喷得比美国和英国还高,那时候人们的心情竟像是赛跑,是一定要超过英国和美国才行,还照例会有一面面的红旗在风里猎猎地张扬着。手风琴令人怀旧,实在是因为它的时代感来得太强烈。过了二十世纪八九十年代,手风琴简直就从舞台上退休了。二十世纪九十年代开始的奢华的生活作风让人们摒弃了这简单的乐器,人们欣赏交响乐的气派,音乐而有"金碧辉煌"的气派,非交响乐办不到。首先是台上那一大片的乐队就让人兴奋得像是喝了酒,小提琴、中提琴、大提琴,长号、圆号、拉管、钢琴,竖琴。各种的乐器令人目眩神移,再加上灯光和亮亮的金属指挥棒。人们不再理会手风琴,手风琴退休了,人们到这时才明白原来它竟是一种快餐样的乐器,是无产阶级的乐器,是群众的乐器,古典的交响乐会用到它吗?不会。它只配出现在街头上和群众聚会上。出现在苏联革命的电影里。手风琴被尘封了,但更加令人怀念了。

在中国,起码有两种乐器是具有强烈的时代感。一是手风琴,二是吉他。吉他出现在我们家里是二十世纪七十年代末,我的哥哥一时还叫不出它的名字,试探地叫它"六弦琴",结果是叫对了。那是一把华贵的吉他,调弦的旋钮上装饰着珠光闪闪的贝壳,还有别处,也镶着珠光闪闪的贝壳,富丽得不着边际。吉他其实是青春浪漫的乐器,夜晚的街头,"铮铮铮铮"地在那里响着,一如月光下的流水,不汹涌,微微有点涟漪,涟漪上还有点点的月光。吉他就是这样,吉他永远是青春期的温情脉脉,不会暴风骤雨,亦不会电闪雷鸣,但一定是包含了青春期的暴风骤雨和闪电雷鸣。那六条弦上的情绪是要点点滴滴都倾诉到情人的心里去,要美丽的花朵在情人心里生根发芽。我十八岁那年,用自己挣来的工资去买了一把吉他,却是小号儿的,弦间的距离太小,总是弹这根弦就会碰到那根弦。我用这把小号的吉他在出了院子临街的粮店边学会了许多歌,都是外国歌曲。总忘不掉的是《剪羊毛》这首澳大利亚民歌。这首歌的旋律是一种有板有眼的倾诉,不太热烈,倒像是有些疲倦了,是劳动过后的疲倦,激情没有了,只剩下倾诉的欲望。想象中的那个年轻吉他手,穿着粗布白衬衫,靠着金黄的草垛,草垛后边的天空高远湛蓝的无边无际。这首歌的旋律我还记着,歌词却大部忘掉了,只记着"只要我们大家齐努力,幸福的日子一定来到,来到"。

吉他这种乐器,其实是个人主义的,有点像中国的古琴。是要一个人穿着磨损的牛仔裤,戴着呢子的牛仔帽,坐在老木头牛栏上弹出他的惆怅和伤感,远处应该是无际的草原,再远处或许会有一抹青山。应该是这样的情调。吉他的音响,好像是,有那么一点点像手风琴,弹起和弦来是那么个意思:"铮铮铮铮,铮铮铮铮",快速的,是金属在那里喋喋不休地发言,手风琴的簧是金属的,吉他的弦是金属的,这两种乐器都是靠金属发音,又都是群众性的,适宜出现在街头。无论手风琴的故里是什么地方,我个人都认定它的籍贯是苏联。而吉他呢,说来好笑,因为我用它来弹唱《剪羊毛》,所以,我想起吉他就想到澳大利亚。《剪羊毛》是澳大利亚的民歌吗?好像是,也只有澳大利亚才会有那么多的羊毛等着人来剪,也只有澳大利亚才能让人到处听到那"剪羊毛的剪子'咔嚓'响"。

手风琴是二十世纪五十年代、六十年代、七十年代的乐器。而吉他应该是二十世纪七十年代、八十年代、九十年代直至现在都被青年人喜欢着的乐器。手风琴到现在也没有灭绝也不可能灭绝,但人们对它的热情毕竟无法与当年相比。吉他终于从民间走向了舞台,吉他亦是一种快餐乐器,只是普通的吉他现在都换了电吉他,所以,民间的那一点点情绪才被猛地扩张了。一个人在台子上弹唱,上千的青年在台下跟着激动呼号左右摇摆。而那演唱者的手里却始终只是一把吉他。

乐器也是有成分的,就像人,在二十世纪五十年代人人都得有个成分,不是地主,便是贫农。如果给乐器划分一下成分,手风琴和吉他一定是平民的出身。而钢琴和小提琴还有中国的洞箫和古琴却不能给它划分到平民里边去。不过手风琴和吉他也不好划分成分,因为它们是外国籍的乐器,我们中国人是向来不给外国人划分成分的。

何时与先生一起去看山

吴先生似乎在画界没有太大的声名,也许他太老了,老到已被许多人忘掉,他周围的人似乎已不知道他是南艺刘海粟先生的高足。总之他很老了,到老莫非非要住到郊外的那个小村落里的小院子里去?我见先生的时候,先生的画室已是四壁萧然,先生也似乎没了多大作画的欲望,这是从表面看,其实先生端坐时往往想的是画儿,便常常不拘找来张什么纸,似乎手边也总有便宜的皮纸或桑皮纸,然后不经意地慢慢左一笔右一笔地画起来,画画看看,看看停停,心思仿佛全在画外。停停,再画画,一张画就完成了,张在壁上,就兀自坐在那里一声不吭地看,嘴唇上有舔墨时留下的墨痕,有时不是墨痕而是淡淡的石青,有时又是浓浓的藤黄,我没见过别人用嘴去舔藤黄,从没见过。先生莫非不知道藤黄有毒?

先生的院子里,有两株白杨,三株丁香,一株杏树,四株玫瑰,两丛迎春。秋天的时候,白杨的叶子响得厉害,落叶在院子里给风吹着跑,"哗哗哗哗,哗哗哗哗",想必刮风的夜晚也会惹先生惆怅。我想先生在这样的夜里也许会睡不着,先生孤独一人想必也寂寞,但先生面对画案、宣纸、湖笔、端砚,想来分明又不会寂寞。

先生每天一起来就先生那个一尺半高的小火炉,先把干燥的赭色的落叶塞进小火炉,然后是蹲在那里用一本黄黄软软的线装书慢慢地煽。炉子上总是坐着那把包装甚古的圆肚子铜壶。秋天的时候,先生南窗下的花畦里总是站着几株深紫深紫的大鸡冠花,但先生好像从没画过鸡冠花,有一段时间,先生总是反反复复地画浅绛山水,反反复复地画浅绛的老树。去看先生的人本不多,去了又没多少话,所以去的人就少。有一次我问先生,所问之话大概是问先生为什么画来画去只画山?先生暂停了笔,侧过脸,看着我,想想,又想想,好像这话很难回答。我也会画花鸟的。先生想了老半天才这么说。过了几天,竟真的画了一张给我看。是一张枯荷,满纸的赭黄,一派元人风范。纸上的秋荷被厉厉的秋风吹动,朝一边倾斜,似乎纸上的风再一吹,那枯荷便会化作无物,枯荷边有一只浅赭色的小甲虫,仿佛再划动一下它长长的腿就会倏尔已在纸外。

吴先生很喜欢浅绛色,吴先生的人似乎也是浅绛色的,起码从衣着和外表上看,是那么个意思。

我和吴先生相识那年,先生岁数已过六十,我去看他,所能够进行的事情似乎也就只是枯坐,坐具是两只漆水脱尽的红木圆墩儿,很光很硬很冷,上边垫一个软软的旧绸布垫子,旧绸布垫子已经说不出是什么颜色,但花纹还是有的。吴先生当时给我的很突出的印象是先生老穿着一身布衣,那种很普通的灰布,做成很普通的样式,对襟,矮领儿,下边是布裤子,再下边是一双千层底的黑布鞋。衣服自然是洗得很干净的,可以说一尘不染。床上是白布床单儿,枕上是白布枕套儿,也是白白的一尘不染。你真的很难想象吴先生当年在南艺上学时风华正茂地面对玉体横陈的印度女模特儿是一番什么样的情景?他当年喝琥珀色的白兰地,用刻花小玻璃杯,抽浓烈的哈瓦那雪茄,用海泡石烟斗,戴伦敦造的金丝框眼镜。这都是以前的事,真真是以前的陈事旧话了。现在再看看吴先生的乡间小平屋,你似乎再也找不到一点点当年先生的余韵或者是陈迹。

先生住的院子是乡村到处都是的那种院子,南北长二十二步,东西宽十一步。两间小平屋,窗上糊白麻纸,临窗的桌上是那方圆圆的端砚,砚的荸荠色的漆匣上刻着一枝梅,开着瘦瘦的几朵花,旁边是那只青花的小方瓷盒,再旁边紧挨着的是那一套青花的调色碟,再过去是那把紫砂壶,壶上刻着茅亭山水和小小的游船。那只卧鹿形笔架,朝后伸展的鹿角真是搁笔佳处,作画用的纸张在窗子东边的柜子上边搁着,用一块青布苫着,雪白的宣纸上苫着青色的布,整日地闲着,一旦挪动起来,有微微的灰尘飞起来,像淡淡的烟。那就是先生要作画了。

吴先生好像从不收学生。画家不是教出来的。吴先生这么说。所以就有道理不收学生吗?

吴先生常常把那张粗帆布躺椅放到院子里,人静静地躺在上边。记得是夏天的晚上,天上有月亮,很好的月亮,可以看得见夜云在月亮旁边慢慢慢慢滑过去,那淡淡的云真像是给风拖着走的薄薄的白纱巾,让人无端端觉得很神秘。一根五号铁丝,横贯了院子的东西,在月亮下是闪亮的一道儿,铁丝上一共挂了五只碧绿的"叫哥哥",有时会突然一起叫了起来,这样的晚上真是枯寂得可以也热闹得可以。也只配了先生,只配我的先生。

有一次,吴先生感冒了,连连地打喷嚏,是前一天晚上突然下了大雨,先生没穿衣服就跑出院子去抢救那五只"叫哥哥",怕"叫哥哥"给雨淋坏,"叫哥哥"没事,先生自己却给雨淋出了毛病,咳嗽了好长时间才好。

又有一次,先生不知从什么地方忽然弄来了一只很大的芦花大公鸡,抱着给我看。真是漂亮的鸡,灰白底子的羽毛上有一道一道的黑,更衬得大红的冠子像进口的西洋红。吴先生坐在布躺椅上一动不动地看鸡,那鸡也忽然停下步子侧了脸看先生,先生忽然笑了。笑什么呢,我不知道。

吴先生提了一只粮袋,慢慢走出小院子去给鸡买鸡粮,一步一步走出那段土巷,又慢慢走回来,买的是高粱,抓一把洒地上,那只大公鸡吃,先生站在那里看。

先生靠什么生活呢?我常想,但从来没敢问,所以也不知道。

先生的窗上不是没有玻璃,有玻璃而偏偏又在玻璃上糊了一层宣纸,所以光线就总是柔柔的,有,像是没有,没有,又像是有。在这种光线里很适宜铺宣纸,兑胭脂,调花青地一笔一笔画起来。柔和的光线落在没有一点点反光的柔白的宣纸上,那浓浓黑黑的墨痕一笔一笔落上去,真是美极了。墨迹一笔一笔淡下去的时候,然后又有了浓浓淡淡的胭脂在纸上一笔一笔鲜明起来,那真是美极了,美极了。

我不敢说先生的山水是国内大师级的水平,与黄大师相比正好相反,吴先生的山水一味简索。先生似乎十分仰慕倪高士,用笔从来都是寥寥几笔,淡淡的,一笔两笔,淡淡的,两笔三笔,还是淡淡的,又,五笔六笔。树也如此,石也如此,水也如此,山也如此,人似乎也如此,都瘦瘦的,淡淡的,从来浓烈不起来。先生似乎已瘦弱到不能画那大幅的水墨淋漓的画,所以总是一小片纸一小片纸地画来,不经心的样子。出现在先生笔下山水里的人物也很怪,总是一个人,一个人在山间竹楼里读书,一个人在大树下昂首徜徉,一个人在泊岸小船里吹箫,一个人在芭蕉下品茗。先生比较喜欢画芭蕉,是淡墨白描的那种,也只有画芭蕉的时候,才肯多下几笔,四五株,五六株地挤在一起。我有一次便冒昧地问先生:您的画里怎么只有一个人?先生想了又想,似乎这个问题很难回答,回头看着我,看着我,还是没有回答。但隔了几天还是回答了我。先生说:人活到最后就只能是自己一个人。先生那天兴致很高,记得是喝了一点点酒,用那种浅浅的豆青瓷杯,就着一小段黑黑的咸得要命的腌黄瓜。先生说:弹琴是一个人,赏梅也是一个人,访菊是一个人,临风听暮蝉,也只能是一个人,如果一大堆人围在那里听,像什么话？开会吗？先生忽然笑起来,不知想起了什么好笑的事。先生笑着用朱漆筷子在小桌上写了个"个"字,说:我这是个人主义。又"呵呵呵呵"笑起来。那天先生的兴致可以说是很高,便又立起身,去屋里,打开靠东墙那个老木头柜子,取出一只青花瓷盘。青花瓷美就美在亮丽大方,一种真正的亮丽,与青花瓷相比,五彩瓷不知怎么就显得很暗淡。先生把盘子拿给我看,盘子正中是一株杉,一株梧桐,一株青杨,一株梅,树后边远处是山,一笔又一笔抹出来的淡淡的小山。与此相映衬着的,是山下的小小茅亭,小小茅亭旁边是小小书斋,一个小小布衣书生在里边读书,小小书斋旁边又是一个小小板桥,小小板桥上走着一个挑了柴担的樵夫,已经马上要走过那小桥的是一个牵了牛的农夫,肩着一张大大的锄,牵着一头大牛,盘的最下方是一个坐在水边的渔夫,正在垂钓。他们是四个人,先生指着盘说:但他们各是各。先生用指甲"叮叮叮叮"弹着瓷盘又说:四个人里边数渔者舒服,然后是樵夫,在林子里跑来跑去,还可以采蘑菇。我忍不住想笑。还没笑,先生倒笑了,又说:最苦是读书人,最没用也是读书人,没用才雅,一有用就不雅了,我是没有用的人啊。吴先生忽然不说了,笑了,大声地笑起来。

先生爱吃蘑菇,雨后放晴的日子里,在斜晖里他会慢慢背抄手走到村西的那片小树林子里去,东张张,西望望,一个人在林子里走走看看,看看走走,布鞋子湿了,布裤子湿了,从林子里出来,手里总会拿着几个菌子,白白的,胖胖的。有一次先生满头大汗地从树林里拖出一个老大的树枝,擎着,那树枝的姿态真是美,那树枝后来被吴先生插在了屋里靠西墙的一个铜瓶里,那树枝横斜疏落真堪入画,好像就那么一直插了好久好久。

多会儿咱们一起去看山吧。先生那天兴致真是好,当然又是喝了一点点酒,清瘦的脸上便有了几分淡淡的红。

我就在一边静静地想,想先生跻身其间的这个小城又有什么山好看。画山水就不能不看山水。先生又说,一边把袖子上吃饭时留下的一个饭粒用指甲慢慢弄下去。看山要在上午和下午,要不就在有月亮的晚上,中午是不能看山的。先生又说,忽然说起他三次上黄山的事。

那之后,我总想着和先生去看山这件事,让我想入非非的是晚上看山,在皎洁的月光下,群山该是什么样子？山上可有昂首一啸令山川震动的老虎，或者有猿啼？晚上，我站在离先生有二十多里的城里我的住所的阳台上朝东边的山望去，想象月下看山的情景，我想到那年我在峨眉山华严顶上度过的那一夜，周围全是山，黑沉沉的，你忽然觉得那不是山，而是立在面前的一堵墙，只有远处山上那小小的一豆一豆晕黄的灯火，才告诉人那山确实很远，离华严顶木楼不远的那株大云杉看上去倒很像是一座小山，身后木楼里的老衲低低的诵经声突然让我想象是不是有过一头老虎曾经来到过这里，伏在木楼外边听过老衲的诵经。

夜里看山应该去什么山？华山吗？我想去问问先生。但还来不及问，先生竟倏尔已归道山。

没人能在先生去世的时候来告诉我，去他那里看望他的人实在太少了。我再去的时候，手里拿了五枚朱红的柿子，准备给先生放在瓷盘里做清供，却想不到先生已经永远地不在了。进了院子，只看到那两株白杨，三株丁香，一株杏树，四株玫瑰，两丛迎春。丁香开着香得腻人的繁花，播散满院子静得不能再静的浓香。隔窗朝先生的屋里看看，看到临窗的画案、笔砚、紫砂壶、鹿形笔架、小剔红漆盒儿，都一律蒙着淡淡的令人伤怀的灰尘,像是一幅浅绛色的画儿了。

直到现在,我还想着什么时候能和先生一起去看山,在夜里,在皎洁的月光下,去看那无人再能领略的山。

何时与先生一起去看山?